푸른사상 시선 51

일인분이 일인분에게

푸른사상 시선 51

일인분이 일인분에게

초판 1쇄 발행 · 2015년 3월 20일
초판 2쇄 발행 · 2015년 12월 5일
개정판 1쇄 발행 · 2023년 3월 31일

지은이 · 김은정
펴낸이 · 한봉숙
펴낸곳 · 푸른사상

주간 · 맹문재 | 편집 · 지순이 | 교정 · 김수란, 노현정 | 마케팅 · 한정규
등록 · 1999년 7월 8일 제2-2876호
주소 · 경기도 파주시 회동길 337-16 푸른사상사
대표전화 · 031) 955-9111(2) | 팩시밀리 · 031) 955-9114
이메일 · prun21c@hanmail.net
홈페이지 · http://www.prun21c.com

ISBN 979-11-308-2022-4 03810
값 12,000원

푸른사상
시선

51

일인분이 일인분에게

김은정 시집

강한 순색, 강한 야성, 강한 순정, 강한 중독, 강한 자긍심,
내 치성과 직시의 교배 속에서 날마다 태어나는 질문들.

2023년 3월
김은정

제2부 무한 순정의 근친이 된 듯

제3부 하늘 복 주머니 땅 복 주머니

제4부 내 영혼의 순백 에베레스트

제5부 자, 우리도 뽀뽀!

제1부

나의 긍지인 당신

기내식

지구는 비행기다.
우리들의 음식은 모두 기내식이다.

맞절

창밖 저 건너
별과 별 그 너머의 새벽이 여기 와서
내 심장 속의 새순 같은 두근거림과 만난다.

당신은 복이 많다.
나를 찾아냈기 때문이다.
나는 더 복이 많다.
당신을 맞았기 때문이다.

이름

이름은 밥이다. 이름은 옷이다. 이름은 금이다. 이름은 돈이다. 이름은 땅이다. 이름은 집이다. 이름은 칼이다. 이름은 경이다. 이름은 옥이다. 이름은 솥이다. 이름은 잔이다. 이름은 접시다. 이름은 가마다. 이름은 비단이다. 이름은 이불이다. 이름은 선반이다. 이름은 광주리다. 이름은 주머니다. 이름은 양탄자다. 이름은 모든 것이다. 이름은 모든 것을 이름이다.

꽃

내 이런 날이 올 줄 알았다

꽃은
세상에서 가장 밝게 웃는 저항
가장 화려하게 내장을 뒤집는 묵음의 육성
이 비명을 누가 감히 괘씸타 하랴

네 속에서
차곡차곡 곪은 응어리
층층다층 보관된 농축 신열이
이렇게 꽃으로 몸을 바꿔 마음 안의 바위를 녹여낼 날
내 이런 날이 올 줄 알았다

꽃은 복음이지만
꽃의 뿌리는 비명이다
어찌 절규 없이 꽃을 얻으랴

이 세상의 시간은 달리는 공동묘지

까맣게 태워온 너의 가슴뼈는 곧 다이아몬드로 남으리니
세상은 고쳐지는 법
그러므로 쇠붙이로만 검을 만드는 것은 아니리라
향기가 도끼인 때도 있어 벽도 흔들리나니

짐

짐은 나의 반려다.
나의 호위무사는 독을 품은 짐이다.

짐이여, 정체여.

텅 빈 손 보잘것없어
손에 한 주먹 불끈 기운 쥐고 가다가
짐 드니 새파란 하늘 귀하게 들어오신다.

짐의 크기는 생의 크기
짐의 중량은 생의 중량

새 하늘 열어놓으니 죽이자고 덤비는 기세
햐~ 그 이상의 기세라도 위풍당당 흙탕 딛고 간다.
첨벙첨벙 친밀해지며 견고해지는 내 참 삶의 이력
그 흙 묻은 노래 안에 거대한 곡창지대를 펼치리라.

세상의 모든 독사들아,

짐의 날개로 네 혀를 저을까?

비켜라, 짐이다 짐!

정체성

수상하다는 건 얼마나 매력적인가?

미지수와 변수를 모두 지닌 정체
궁금증과 불안을 동시에 떠안기는 정체
건드려보고 싶지만 어딘가 꺼림칙한 정체는
그 주변을 빙글빙글 돌도록 발길을 붙든다.

등불이면 등불, 자전거면 자전거,
이렇게 누가 봐도 그것인 경우는 지나치게 안심
싱겁지 않은가?

적이 될지 편이 될지 머무를지 떠나갈지
자기를 들키지 않겠다는 확고한 불투명은
얼마나 상대방을 풍부하게 하는지

경우의 수는 부지기수,
구경하고 탐구하고 탐색하고 경계하고
만일의 사태를 대비해 단속하는 방위 태세는

얼마나 상대방을 철통 같게 하는가.

기를 쓰고 지키려고 하는 것이 있는가?
정체불명의 정체는 총력을 곤두세워 정찰하게 하는가?
삽시간에 알 수 있는 것조차도 바로 알 수 없게 하나니,

누군가는 눈이 멀었다.
그러나 그는 아무 짓도 하지 않았다.

여한은 나의 힘

여한이 나를 살린다.

극한의 극, 숨이 멎는 순간이 닥쳐도
결국 여한이 치료제다.

반드시 여한 있어라,
링거도 혈액도 위로의 말도
여한 덕분에 효능 있는 것이니

어떻든 여한 있어라,
여한 있는 곳에 깃드는 여운
여한에서 여한 이후의 이후가 태어난다.

여한에 힘입어 이를 악문다.
여한 없는 인생을 생각하는 여한 속에
담담하게 쌓아가는 나의 내용

이 탑!

크레마

당신을 쥐어짭니다.
당신 속의 아교질과 지방질이
내 압력을 수용한 결과입니다.
까탈스런 내 곁을 애써 지키는 당신의 미덕이
이렇게 황금빛의 거품을 가득 물고 나타나다니
진작 조르고 눌러서 상쾌한 단맛을 볼 것을.
저 세간으로 침전되기를 거부하는 꿈의 입자들
내 안에 아득바득 쌓아 숙성의 시간을 가진 후
더도 말고 덜도 말고 알맞다는 지점이 어딘지는 모르나
예감을 믿으며 지켜온 칼날을 통해 분쇄한 결과입니다.
당신의 내부에 이렇게 향기로운 두근두근함이 있었군요.
혼신의 각고 헛됨 없어 이다지도 자비로운 외투를 얻다니
내려놓음도 성취인가요?
마침내 당신을 사로잡은 것 같습니다.

아침

나의 긍지인 당신,

당신이 도착하고 있군요.

군담 없이 맑고 푸른 눈동자로 도착하고 있군요.

다시 오늘밤 초록과 보랏빛으로 고매한 불의 춤

기쁨의 속살을 만지작이는

지문 속으로 흐르는 노래를 끌어안기 위하여

당신이 도착하고 있군요.

내가 만들어진 태초의 기후와

기름진 땅 그 냄새 그대로

세상은 환한 물이 들고 있어요.

무한을 건축하며 걸어오는 당신 용기의 형형색색

당신은 나를 증가시켜요.

촉

당신은 물시계 추로 지평선 아래 누웠다가
청명한 날 내게로 발돋움합니다.
오래 보듬고 살았던 젖은 눈동자를
아주 조심스럽게 깜박일 때면
더 먼 과거의 당신까지 내게 오고 있는 것이지요.
수십억 년 전 과거를 보여주는 현재
당신은 나와 어떤 각을 이루고 산이나 나무나 건물
또는 안개를 바라보다가
다시 잘 익은 한 톨 미래를 보여주기도 합니다.
인적 드문 곳이면 더욱 좋아요.
혼탁하고 번거로운 함정을 지나
당신은 이제 해시계 바늘로 새 지평에 섰습니다.

함께 밥을 먹어요!

함께 밥을 먹어요.
즐겁게 밥을 먹어요.

어디 떠돌다 이제 오셨는지요?
이제라도 이렇게 사랑 가득한 눈동자로 가까이 보니
회한과 고통만이 주변이었던 옛적이 물러가네요.

컴컴했던 당신의 세상 환하게 껍질 벗겨져
나를 향한 마음 더 넉넉하고 따뜻하고 격이 높아졌군요.
굳었던 애간장 녹여 살 풀기에 충분합니다.

함께 밥을 먹어요.
즐겁게 밥을 먹어요.

노란 석쇠 위에 놓인 초록 불고기,
분홍 깻잎과 삶은 검정콩, 나긋나긋한 백김치 국물
은 젓가락으로 무엇을 집어든들 입에 붙지 않을까요.

함께 밥을 먹어요.

밥은 접안제(接岸劑), 당신과 내가 배와 항구로 만나고 있어
요.

그간의 허심에 경배하며 함께하는
이 파란 천심, 천생 풍년의 밥상!

봄비

이제 시작이군요.

아주 조심스럽게 당신을 들여다봅니다.

나를 향해 당혹해하던 부드러운 솜털투성이의 수줍음이 글썽일 때 얼마나 혈관이 저리던지요. 당신의 속눈썹을 어루만지며 지나가는 바람의 갈비뼈 붙들고 세상에서 가장 굳건한 게 무언지 물어볼까요. 목숨 짓이기던 기막힌 날들, 가슴 태우며 겨누는 눈총 눈살에 쩍쩍 갈라지던 얼음장 보듬고 칼칼하게 드세었지요. 겨우 그리움이라니요, 두려움을 사랑하나니, 영혼의 모서리를 문지르며 흐르는 수액, 이 아름다운 춤.

이제 나는 스포이트, 이제 나는 미늘 지닌 천심.

당신을 마중하는 물기둥 가락이 되어 당신 속의 거대한 기운을 뽑아 올려요.

죽음에 이르는 검증

세상 전체가 평가단이다,
진정을 완성하기 전까지는.

뚝심인가 성심인가, 불분명과 불일치로
불통의 나날과 진통해야 할 때마다 나는 깨닫는다.

최고가 되기 위해서는
나의 삶에도 다음과 같은 내용이 삽입되어 있어야 한다는 것.

추구, 모험, 추적, 구출, 탈출, 복수, 신비, 희생, 유혹, 변신,
변모, 전이, 성숙, 박애, 헌신, 발견, 라이벌, 금지된 사랑,
그리고 지독한 충심.

이제
이들을 재료로 진짜 내가 만들어가고 싶은
내 생애를 만들어가는 거다, 탐나게.

출발!

품

그리움은 미생물, 나를 오래오래 발효시켜 여기까지 데려왔어요.

나를 만난 당신은 등불로도 켜지고, 어둠으로도 만져지고, 고요 그 자체로 나를 휘감기도 합니다. 또 당신은 가까운 숲속 재잘거리는 새들, 그 알아들 말도 아닌 기특하고 낭창한 다정으로, 어쩌다 두려워 푸드득 날아오르는 순발력 그 소리로도 있고, 깃털 하나 떨군 자리 못내 아쉽게 뒤돌아보는 목덜미 아래 흐르는 시냇물의 음성으로도 있습니다.

그 물 단단히 제 갈 길 가다가 표면이 얼면 어쩌다가는 그 위로 마음이 미끄러지기도 합니다. 쭈르륵 엎어지기도 합니다. 그렇다고 어찌 당신을 엎지르겠나요. 그 순간, 당신은 그 차고 딱딱한 빙판으로 나를 떠받치고 있습니다. 더 아래로 빠지지 않게. 언제나 어디에서나 나를 이렇게 안고 있는 거지요. 기쁨이 깨우쳐집니다. 어떤 일이 있어도 나를 쏟지 않는 그 힘 그 탄력 앞에 부드러운 저음으로 환호합니다.

나를 짊어질 때 당신의 불균형은 사라지고 나를 안을 때 당신의 불완전이 닻을 내리는 것 아는 일, 비로소 다행이지요. 나는 당신의 오묘한 지체, 당신은 나를 기르는 무한한 그릇. 오, 아미타.

햇빛

점화인가?
출발점, 이 무량의 손.

활기가 가득 닥친 매혹의 창을 열고
믿음직한 꽃대가 올라오는 화분에 물을 준 후
춤을 춘 듯 움직인 스스로에 취하여
이 눈부신 방문을 환대하나니

먼 길 가는 나에게
오래오래 건강한 신발끈이 되어주시오.
오래오래 튼튼한 가방끈이 되어주시오.

만날 때마다 좋은 대답
우호적인 천지간 심지 깊은 사람의 무늬 모아
장엄과 거룩함의 경로 일구며
오늘도 다독다독 나를 태워볼거나.

날개 넣어둔 가방 짊어지며 티눈 발로 신을 신는
평민의 아침.

제2부

무한 순정의 근친이 된 듯

계좌

오늘, 나의 심중으로 당신이 들어왔다.
무슨 구구절절이 더 필요하랴.
나의 잠 속에 꿈 한 묶음이 크게 도착한 거다.

나와 당신의 지향이 같다는 대답을 듣고
허한 내 관절 속으로 이렇게 따뜻하게 방문하는가.
내 심중이야말로 통장, 내 관절이야말로 계좌
나의 집은 나의 통장, 나의 주소는 나의 계좌

오, 빼어나게 열리기 시작한 우리 세상 자랑스러우니
불끈불끈 힘을 내 하늘 닿는 마음의 첨탑을 올리며
루루루 으샤으샤 유쾌해지자!

오라 오라 오라 구김살 없는 기개여,
오라 오라 오라 만복을 나르는 뭉클함이여.

귀하의 휴머니즘은 정품입니까

어서 오십시오,
당신의 순정 예뻐 난리입니다.

술렁임 앞에서도 의연함은 얼마나 위엄 있는지요.
그러나 내 영혼, 기품을 유지하기엔 너무 발랄해
마음의 체중 0의 가벼움으로 햇살 같은 당신과 가슴 포갭니다.

강 건넜으니 뗏목은 이미 버렸고
뗏목 버렸으니 이제 또 새로운 동반과 삶을 섞어야지요.

이전의 나는 근사한 별들의 입속에서 나오는
과시적 논쟁 이후의 엉성한 결론도 노다지라 생각했어요.
최근의 나는 외롭고 높고 쓸쓸하다는 온갖 욕구들이
과잉 유머와 허술한 지식으로 설명하고 설명하고 또 설명
하는 혀를 보면
그 기막힘, 살아남기 위해 움직이는 만장의 책장인가 여깁
니다.

누군들 영원한 진리에 전념하기를 마다할까요?

자칫 놓치고 상심으로 주름질까 사랑의 원본에 레티놀을
발라줍니다.
　우리는 먼저 티 없는 덕담 앞에 마음속 때때옷 드러낸 이후
　조심스레 서로를 받아들이는 감히 연약한 유리 오두막
　그러니 당신, 기분 좋은 여가의 나날처럼 무장 풀고 나를
머금을래요?

　내 삶 기승전결 그 위에 토닥토닥 측은지심 체온 얹어주는
　정신의 신분이 성골이신 당신,
　귀하의 휴머니즘은 진정 정품입니까.

내 안 예쁜 곳들의 피눈물

첨벙 오세요,

내 안 예쁜 곳들의 피눈물로 만든 호수
당신 마음의 상류에 보란 듯이 새파랗게 신성한
내 몸의 액즙들이 서로 껴안고 있는 거기
당신의 본향 같은 물속.

머리카락은 세어도 마음은 아니 세지요?

이런 일 저런 일에 숭숭 구멍 뚫리고
이런 생각 저런 생각의 양날 칼바람에 휙 베이기도 하지만
나의 귀한 어린이 본색 변함없이 평안히 잘 간수하고 있습
니다.

진격도 어둡고 물러섬도 어두우나 한 번은 터뜨려야
가슴에 착 달라붙는 진심 바르게 키워 피운 꽃 긍정할 수
있으니
창창한 패기와 도란도란한 다정에 날개 달아

다음, 다음 그리고 또 다음을 쏟아내는 아름다운 응석
내 용기와 투지의 출생지에 첨벙첨벙 오세요.

따뜻한 수프 접시라고요?
흑설탕을 좋아하는 황금빛 찻잔 같은 나를 향해
폭풍우에 씻은 몸 존엄한 제왕의 영혼으로!

착한 심장 하나 걸어오고 있네

사람이 사람을 바라보네.

가만히 가만히 좋아하다가
사람의 영혼이 사람의 영혼을 부르네.

그 영혼의 정수리에 왕관 같은 푸른 하늘
사랑으로, 사랑 그 이상으로 환하게 만나니
오, 눈부셔라.

저기 아낌없이 자기를 여는 착한 심장 하나 걸어오고 있네.
저기 열렬히 신생의 물 기원하는 때때 지붕을 타고 흐르는
달콤한 초콜릿 빛깔의 밤안개와 친절한 우주의 약손
저기 더없이 너그러운 체온으로 순금의 지문을 문지르며
오직 나만 아는 성심 하나 가던 길 돌아 내게로 걸어오고
있네.

내 살아온 나날의 기록인 나의 몸을
좌절과 허망이 누적된 유서에서 초록 지느러미가 달린

푸들푸들한 연서로 바꾸는 힘을 지닌 당신,

　비에 젖은 자정에서 달빛에 포근히 마른 순정한 성결의 자
정까지

　나의 깊은 거기에 당신의 깊은 거기가 오래오래 닿는다면.

　불면의 내가 불면의 나를 바라보며

　잘 살 궁리의 꿈길을 여네.

　어서 오라! 진정에 목마른 극진한 진정아.

꽃잎

만져보아라
햇살 가락으로 뜨개질한 시계
이 부드러운 살

모든 것을 알고도
모든 것에 놀라는 눈동자로 무늬 넣은
이 물음표의 살

누구도 계산할 수 없는 순간의 길이로
중후하게 허공을 밀면서 독립하는
현재진행형 대륙
화사한 향기에 볼을 대어보아라

한 결을 따라 걸었던 속 깊은 이야기
그 영원의 중심을 원만하게 드러낸
장엄한 날개

다시 태어나도 이 길을!

의혹

나는 어쩌면 이 삶을 방문한 운석일지도 모르겠다.

이 삶의 표피에 충격을 주며 어느 날 갑자기 침범한 은하의 염색체, 눈먼 유전자 껍질일지도 모르겠다. 나는 어쩌면 누군가가 잃어버린 그 과거인지도 모르겠다. 그리고 아직 파악되지 않은 퇴적과 퇴적 사이, 그 층층 사이 아주 작게 움츠리고 앉은 세포 하나인지도 모르겠다. 잘 모르겠다는 사실이 너무나 큰 가능성인 이 생존 구역, 햇빛으로 풀잎을 짜듯이, 햇살로 볍씨를 만들듯이, 궁금증으로 직조하는 이 시간 위에 얹힌 파장의 파란들. 알 수 없는 것들 쪽에 가슴 맞대고 곧게 서면 단단히 막힌 비밀의 벽 쿵쾅이며 삽질하는 나의 맥박 소리. 생명을 헤아리는 정밀한 눈금의 잔잔한 파문, 그 원의 둘레, 그 원의 원의 원의 소리, 오! 쾌지나칭칭나네.

발판

발 디딜 곳을 찾고 있다.

높이 아닌 곳
펄이 아닌 곳
허공 아닌 곳

혓바닥 같은 맨발로도 허사 없이 자국을 찍고
족쇄를 차고도 경쾌하게 뛰면서 족적을 남길 곳
전진과 발사를 실행할 진출의 주추 말이다.

탄탄한 선순환 기점,
내 안의 우주, 내 안의 무한, 내 안의 영원
신성하게 간수해온 결속력과 만감 풀어내
나의 실현 그 기치를 높이 들어 올릴 곳 찾고 있다.

어마어마한 나의 나중을 위하여!

악, 위대한 약

악은 약인가?

감자 싹을 본다.
온몸으로 불을 켠 이 투지, 새로운 수립이다.
악을 쓴 결과다.

저 온몸 악을 쓰고 그 속에 독을 품어
컴컴하고 축축한 위협에도 그들 물리치고 몰아세운 새순,
암, 지켜내며 대를 이으려면 부디 이래야지.

감자 한 알이 머금은 암실 속의 격투,
삭고 썩고 상하고 농하고 문드러진 반죽을
보자기처럼 싸고 있는 껍질 또한 고귀하고 성스럽다.

그러니, 기대해보자.

속상해서, 속이 썩어서,
라고 악을 쓰며 우리 살아가는 동안이
헛될 리 있겠느냐?

피아노

세상이 다 건반이네.

자판도 건반
책꽂이도 건반
책 속의 활자들도 건반

그뿐인가
바닷가 은모래밭도 건반
솔가지 사이로 걷는 오솔길도 건반

나의 마음도 건반
당신의 마음도 건반
그래서 잘못 건드리면 예기치 않은 소리가 나네.

하지만 예기치 않은 소리라고 나쁠 순 없어
건반을 잘 다스리는 사람
세상을 잘 연주하는 일이 중요해.

가끔은 반음을 올리고 더러는 반음을 내리면서

얼룩말 무늬의 얼룩덜룩한 말들 데리고
한 옥타브 위 한 옥타브 아래 탕탕평평 하는 일.

껑껑거리면서 행복한 일.

마른 풀잎을 쓰다듬는 달

오늘은 잔잔한 날,

어쩐지 특별한 오후입니다.

이상하게 은은으로 채워진 나는 내 마음 안의 오후를 깨워

이란성 쌍둥이 같은 이 시간들로 짠 노래의 소반을 옆구리
에 끼고

정신에 좋은 나물을 캐듯이

현재에서 가장 낯선 쪽으로 작은 모험을 향해 나섭니다.

아직도 완공을 미루고 있는, 공사 중인 길을 지나

인적 드문 해안이 내려다보이는 언덕과 언덕 사이 다리를
건너

더 건너 건너까지 갑니다.

소실점을 넘어 또 넘어, 가도 가도 내 닿고자 하는 꼭짓점
은 없지만

파르스름한 하늘에 걸린 내 호기심이 차고 기울고

그 움직임에 꿰인 숙취가 더러는 일괄적으로 되풀이되고

그 되풀이의 분비물, 거룩하고 성스러운 서글픔을

석쇠에 구운 마른 고래 몸통을 씹는 마음으로 들여다보며

밥처럼 소중히 여기는 것, 감기처럼 달고 다니는 것,
나의 본색을 그 안에서 새삼 발견합니다.

날은 저물고
마음의 오후도 어디에 내려놓아야겠는데 어디가 어디인지
가슴속에서 사뿐사뿐 흔들리던 구름들이 이 자리에서 잠시
통신원처럼 현장을 보고하는 언어를 채집합니다.
번지를 알 수 없는 이곳, 마른 풀잎들만 곧게 서서 흔들립
니다.
누가 바라봐준 흔적이 없는 가여운 몸매와 얼음장 같은 표
정은
마치 영혼만 지닌 존재의 최후처럼 모든 것과 통하고 있습
니다.

이곳 마른 풀잎들은 처음 만난 나를 환하게 머금으면서
마침내 한 번도 가져보지 못한 입술을 조금씩 만들어갑니다.
이들은 나에게 자신의 사지를 부채처럼 펼쳐 보이기도 하고
절망이나 희망으로 해석되기 위해 흔들림의 춤을 한껏 풀

어내기도 하지만

　이것으로는 모자란다는 극심한 갈증,

　발음하고 싶거나 입 맞추고 싶은 열망의 수위가 위험하기
만 합니다.

　한동안 이 풀잎들은 귀만 가지고 있었던 것이 분명합니다.

　서로를 알아보는 순간, 이 순간이야말로 칼,

　이 순간이 지금부터와 지금 이전을 자르고는 스스로 밝아
집니다.

　간절함이야말로 진화의 땔감일까요.

　오늘, 잔잔하게 풍경을 쓰다듬은 날,

　새로 바른 창호지에 손가락 크기의 구멍을 내고 신방을 들
여다보듯

　캄캄해지면, 우리 관계는 그런 그림처럼 그려지지만

　마른 풀잎들이 나의 연민을 이고 서 있느라 허리가 휘지는
않을까

　더욱더 나를 가벼이 하며 이 빼빼 마른 세계를 건너갑니다.

북 치는 우주

우리들의 체급은 모두
심장의 규모일 것이다.

재스민 차를 마시는 순금빛 아침 창밖
나의 심장 소리는
나를 향해 우주가 두드리는 북소리

저 너머 너머에서 이 너머 너머로
압축 파일의 기운을 던져 북 치는 우주

어제는 눈 내리는 소리 들었고
오늘은 동백꽃 피어나는 소리 만지고
내일은 꽃바람의 얼굴을 만날까 하니
문득 무한 순정의 근친이 된 듯하구나.

우리는

우리는
서로의 장례를 치러주기 위해 만났습니다.
그리고 만납니다.

인생이란
순간순간의 가능성을 벽돌로 빚어
총이나 능 또는 묘 같은 무덤을 만드는 일

우리는 서로의 무덤 앞에
묘비를 세워주기 위해 만났습니다.
그리고 만납니다.
내가 당신의 무덤 앞에 서 있어도
당신이 나의 무덤 앞에 서 있어도
서로가 묘비일 수 있는 그런 일을 위해
공부해왔습니다.
그리고 공부합니다.

나는 당신의 묘비

당신은 나의 묘비
우리는 서로의 묘비가 되기 위해
반듯한 자세를 관리해야 합니다.

산 너머 태산 가는 거지요.

관리자

몰운대를 생각해요.
흐리게 저물고 난 이후의 과거완료 이전에

인생은 수공예입니다.
손을 쓰지 않고는 되는 일이 없어요.

귀하께 몇 끼니 전화만 걸러도
우리 관계는 궤양이고
물 주는 일을 깜빡 잊어 사나흘만 건너뛰어도
화분 안의 꽃들은 숨을 거두어버립니다.

창문을 대엿새 열지 않아도
거미들이 설치하는 줄과 줄을 걷어야 하는 잡무가 쌓이고
빛과 소금으로 환기시키는 일에 한 보름만 소홀해도
바퀴벌레가 집을 굴리며 지신 밟습니다.

인생은 손에 달렸어요.
바늘 같은 손에 관계를 실처럼 매달고
찢긴 곳을 홈질하거나 뜯긴 곳을 공그르기 하거나

떨어진 단추를 다시 달면서
원단과 본색이 상하지 않게 애정으로 참여하지 않으면
삶은 순식간에 발기발기 넝마가 되어버리지요.

나 보기엔 보물이고 귀하께서 보기엔 쓰레기인 사건 사고도
재활용하면 사려 깊은 노래가 돋아나기도 하는 별 밭이 되
지만
그 밭을 일구는 건 가슴을 움직이는 손,
손질의 문제입니다.

이 세상 위의 한 점 — 나
이 세상 위의 또 다른 점 — 귀하
이 점과 점을 이어 선량한 선분을 만드는 열 가락의 뼈 한 단
그 한 단 한 단 정서의 온도는 들쭉날쭉하지만
보세요, 여기부터 실마리랍니다.

어쨌든 손을 쓰지 않으면 안 된다는 거지요.
먹 안개를 걷으며 새해가 올 것이니 더더욱.

지시문 읽고 달리기

지시문 읽고 달리기라는 종목이 있다.

운동회 혹은 체육대회에서 가끔 출현하는
이 경기는 팔자소관 달리기라고도 한다.
사실 이 달리기는
팔자소관이라는 명칭이 더 적절하다.
왜냐하면 지시문이 승패의 열쇠이기 때문이다.

모자, 손수건, 슬리퍼, 책, 축구공
이런 지시문은 복이 절로 굴러든 사례이다.
그러나 보다 복잡해진 팔자가 있다.
교장 선생님의 선글라스 들고 달리기, 담임 선생님의 왼발
을 감싼 양말 쥐고 달리기,
　처녀 선생님 업고 달리기, 훌라후프를 허리로 돌리면서 오
른발로만 뛰기.

　선두와 꼴찌는 이미 지시문에서 결정되어 있는 듯이 보인다.
　어떤 지시문을 주워 들었느냐, 거기서부터 생은 시작된다.
　주변 어디에서도 구할 수 없는 것들까지

닿소리와 홀소리로 엮어 있는 운명의 쪽지,

잡으려고 하는 순간 그 쪽지가 바람에 날아가버리는 경우
도 있다.

운명의 쪽지마저도 손에 넣지 못하고

황토색 운동장에서 관객들의 시선에 기가 막히는 참여자들

어쩌면 숙명이란 이렇게 임의로 만들어진 한 줄의 주문일
것인데

그 이정을 담은 표는 어디에도 형체가 없다.

언젠가 입만 열면 농담이 전부인 이웃이 있었다.

그는 늘 우리를, 이봐 선수들, 그렇게 불렀다.

그는 이미 알았던 듯하다.

우리 모두가 태어나면서부터 철인 경기에 내던져졌다는
것을 말이다.

물론 승리 때문이라 해야겠지만

본질적으로는 왜 그래야 하는지도 모른 채 참여자들은

지시문을 들고 그 지시를 잘 섬기며 따른다.

모자가 참 잘 어울리시네요!

그가 말한다.
"모자가 참 잘 어울리시네요!"

가슴에 왕관을 얹은 아름다운 영혼
새벽의 밑단을 씻는 시냇물 소리 같은 발음이다.
내가 있는 세상 속으로 자신의 목소리를 이렇게 분사하며
훈훈한 지지자로 들어온 그가 말한다.

"모자가 참 잘 어울리시네요!"

나는 이 말을 주관적으로 해석하며
행운과 축복의 빙의가 내게 엄습한 듯 몹시 즐겁다.
어떤 말보다 이 말은 상징적이지 않은가?
"모자가 참 잘 어울리시네요!"

내 깜냥을 점검해보며
나를 사용하는 건 우주를 활용하는 것,
공부하고 공부한다.

제3부

하늘 복 주머니 땅 복 주머니

새순

승계자인가?

이별하여 천애 허허벌판에 남았으나
이내 또다시 새로운 천심을 향해
단도직입하고 있는 새파란 이사금인가?

돛 단 삶,

갖은 검증과 인증 사이에서 생기 올리고
고요히 간수한 순정의 순도가 만들어낸 푸른 힘으로
거대한 대륙 지으며 항해하는 무한 가능의 당신
불멸을 만드는 지팡이, 청천으로 나아가 반듯 서 있네.

만세, 만세, 만세, 무궁을 찾아 솟구치는가?
지극한 엄두, 자연의 머리말을 뚫고 나온
이 결연한 몸가짐!

화분

화분은 지독한 시험장이다.
살아남기의 본능을 보여주는가?

일주일에 한 번 정도 물만 주면 잘 큰다기에
아주 수월하게 생각하며 받아들였던 선물, 속 깊은 화분
정성들여 다독다독 갓난아기 돌보듯 키우고 있었는데
어느 날 색을 바꾸더니 결국엔 이파리를 털어낸다.

죽어가는 것인가?

이파리 한 장 누르스름하게 단풍 물들이더니
또 다른 이파리 한 장 냉정하게 목줄을 끊어 차근차근 썩
게 하더니
그 썩어가는 자리 축축하게 버섯까지 키우더니
그 모든 것들 거름으로 활용해 다시 새 이파리 밀어 올린다.

고비마다 사지 내놓고 목숨 내놓고
혹독하게 골고루 잃으며 뿌리 밑엔 수많은 무덤 만들었는데

그것들 모두 거름이 되어 이토록 새파랗게 거뜬히 되살았
으니
스스로 돕는 자만이 하늘의 힘을 얻음, 그것 의심치 않은
덕인가?

이제 물만 만나면 되는 거다.
좁은 땅, 한정된 자원, 그리고 식물이라는 한계
그래서 믿을 건 불가능은 불가능하다는 혁신뿐,
그러니 그 혼연일체 고군분투의 극점에
하늘 가로지르는 돛대 같은 굵은 꽃대 하나 올려라.

자립이란 이런 것이다.

고구마

고구마를 캐보았는가?
고구마는 늘 고구마와 떼 지어 있다.

홀로 서기와 홀로 있기를 좋아하는 나도
때 맞은 고구마를 캐면서는 인정하게 된다,
한 줄 한 줄, 그 주렁주렁 적립식 의리

호미 혹은 괭이를 든
온갖 체험으로 삶을 현란하게 재구성한
의심 많은 훈수꾼 호사가들 취미 삼아 캔다 하여도
뒷다리 걸기나 칼 도끼 들고는 제대로 얻지 못하리.

훗날 기약이 있어
줄줄이 링거같이 따라오는 복덩이 보려면
백년 납입 만기 환급, 툭 던진 후 잊은 듯 묻어둔 혹 뿌리
겸사겸사 복리로 불어나는 집합과 효능의 함량, 그에 대한
옹호
거기에 결코 사라지지 않는 가치에 대한 충심 겸비해야

하나니

　도달이란 뭔가?
　하늘 가린 덩굴 밑 황토 속에 가만히 잇몸 눌러 포복하면
서
　무정형의 물음에 조용히 공부로 답해가는 수행, 그 내공
　이 건강한 영성을 보아라.

고개 넘어가기

오도재를 넘다가
잿빛개구리매를 본다.

휘이익 허공에 쟁기질 한 번 하다가
마치 청동기 유적에서 나온 비파형 검 같은 나뭇가지에
도롱이 입은 조선 농부처럼 앉아 쉬는 자세가
무사를 빌던 옛 새벽 장독대의 촛대 항아리로 읽힌다.

사나운 고개보다 깨닫는 고개가 더 힘겹단 말인가.
새가 쉬는 것은 조령에서도 못 보았는데
굽이굽이, 꼬불꼬불, 오도재(悟道峙) 이 고개에서는
청매의 득도 이야기가 진정 넘어서야 할 마루다.

가볍게 덩더덩 갸웃갸웃 넘어가며 크게 뚫린 길은
어쩐지 푸른 하늘을 짐처럼 하역하여 어디론가 옮길 듯한데
나는 이미 두더지 같은 지하철에 지쳤으니
여기 쉼터에 바람 기차 구름 기차의 정거장이나 개설해볼까.

저 아래 세간에서는 길을 두고 메를 드나든 나
이 산맥에서는 메를 두고 길 위에 편히 서 있는 나

이런 부조화와 불화가 나를 씩씩하고 진지하게 단련시켰
으나
　저 너머 너머까지 가야 한다면 여기서의 해탈은 이미 수렁
이다.

　산수와 지세가 어느 바위 밑 고요한 햇살 드는 비탈에
　동서남북 합궁의 알집, 산삼을 키워놓았는가.
　섬세하고 으리으리한 상상력을 지닌 발견자를 기다리며
　신기 먹은 백복령은 또 어느 소나무 아래 묶어두었는가.

　잿빛개구리매가 부리로 하늘을 툭툭 건드린다.
　두 번 클릭하며 소통을 청하는 몸짓은
　이미 말이나 문자를 앞서고 있으니
　길 따라 왔다가 길 따라 가면 그저 식물인간인 게지.
　길 따라 왔지만 이제부터는 길이 나의 꽁무니다.

　눈앞, 첩첩 잠겼으나
　마땅히 품안에 들여야 하는 거룩한 무한이구나.
　따르라, 청산!

멋진 파계

안전이 안전하지 않을 때가 있는가.

사천대교 건너 서포 구랑리 가서
오후의 해변을 걷는다.

굴 껍데기 하나하나
흰빛 간장 종지처럼 예쁘지만
그 백의의 품성 해안을 더 희게 헹구고 헹구지만

거뭇거뭇 갯돌들 객지에 몸 푼 이질적인 존엄으로
파랑에 후퇴하는 거대한 산악에서 빠져나온 행색 고스란히
바다와 육지의 경계 그 최전선에 진출해 있다.

한 덩이 일사불란
그 규율과 규격이라는 역경으로부터의 탈출

자립하는가,
서로서로 잘 어울리면서도
낱낱이 샅샅이 독특하구나.

나팔꽃 잔

나팔꽃을 잔으로 쓴다.

바위와 바위 사이에서
한 방울 두 방울 약물로 떨어지는 산정의 기운을
두근두근 간절히 받아 안기에
나팔꽃은 제격의 잔이다.

청산이 자신의 즙을
바위 사이로 조심조심 내보내는 신비
여기에 예를 갖추려니
나팔꽃은 곧장 내 발등을 타고 올라와
상기된 자신을 퍼 올려 승천할 기세다.

산과 물과 바위, 그리고 나
나팔꽃 잔 그 한 잔의 마당이 있어
서로가 서로를 귀하게 만나 복을 짓는다.

이제 잔에 불을 붙일 차례인가,
극진히 타오르도록.

야채 파일 첨부

소풍은 샐러드를 먹는 일과 같아요.

하동 섬진강변 소나무 숲 사이로 구름의 심장을 살짝 비켜
심청처럼 몸을 던지는 햇살은 얼마나 갸륵한가요.
그의 기운으로 나를 데우고 그의 빛살을 빗 삼아 머리카락
을 빗어보는 것은
너무나 지극한 우주와의 교접,

태양을 안으면 태양을 낳을 수 있을까.
꽃 같은 날씨는 무지개 색만큼이나 많은 맛을 알게 해요.
멜론 맛 같은, 사과 맛 같은, 오렌지 맛 같은 날씨,
지층은 삶은 고구마 맛, 나무 그늘은 얼음을 갈아 넣은 키
위 주스 맛,
배낭을 짊어진 등 뒤로 부는 바람은 나무에서 갓 딴 청포
도 맛,
이 모두를 한입에 다 넣고 있으면 밍크 결 푸른 하늘이 딴
청을 부리지요.

나는 무엇인가를 둘러쓰는 일은

대체로 부정적인 의미일 것이라 생각한 적 있었죠.

그런데 이제 나는 신령한 용의 피 같은 햇살을 샤워하듯
둘러쓰고

그 햇살의 척추를 믿으며 죽순처럼 곧추서서

살아 있는 우리 모두가 영웅이라는 생각을 하게 되는 거예요.

신은 언제나 가장 하찮은 곳에 집을 짓는 첫 번째 목수

백년 묵은 햇살도 천년 묵은 햇살도 강강술래 하듯

흙, 나무, 풀과 손을 잡아요.

이들 모두의 손은 약손,

이들의 영혼이 나의 영혼에게 마음껏 스스로의 신념을 전
하도록

내가 걷는 대지는 모두 샐러드 접시가 되어주고 있어요.

백학이 목련처럼 놀러 올 듯한 꽃밭 길을 걸어가며 만나는

하늘 복 주머니 땅 복 주머니

그리고 사랑의 개념.

늑도

늑도를 바라보며 서 있다
가끔
삼천포 앞바다를 이니스프리 호수로 만드는 섬

그런데 이 섬의 내용은 적요한 아름다움 그 이상이다

삼천포항에서 남서쪽으로 3km 해상
이미 연육교가 놓여 있다 하여도
늑도가 섬이었다는 기억을 두고두고 사랑할 사람은 많으
리라
그리고 기원전의 풍속까지 오래오래 간수한 $0.56km^2$의 붉
은 근육
그 내용을 사랑할 사람 또한 두고두고 늘어나리라

가령, 반량전 이야기 혹은 야요이 시대 토기 이야기
2천여 년 전엔 남해안에서 가장 크게 번창한
국제 무역항이었다는, 도시국가였다는 가설
그 이야기

별의 젖가슴을 가진 뱃길 따라 바다의 늑골 하나 빼내어

고집스럽게 흑요석처럼 단단한 풍요의 약속 이룬
수수께끼와 의문부호의 뭍,
하늘과 해와 흙이 무엇인가에 답하기 위해 암시할 때
그 증거라는 듯 낙랑 토기 또한 말똥말똥 앉아 있다

늑도는 유적이다!

완사역

간이역은 관계를 잠시 쉬어가게 하는 누각,

그러니 나는 당신을 기다림이 마땅합니다.
기다림이야말로 끝없는 접속이니까.

잘 잊을 줄 아는 것이 평화의 길이라지만
나는 잊지 않는 능력으로 행복한 사람

살아온 칸 칸, 량 량
집중하고 몰두하며 굳건히 안고 있다가
검은 협궤 터널 통과한 후 청천 같은 당신을 얻었을 때
그때의 완사역이 내 애착의 이력 안으로 들어와
추억의 모서리에 침전해 있습니다.

휴식이야말로
가만히 당신 쪽으로 또 한 번 접안하게 하는 힘을 만드는
비밀 가득한 대궐,

그저 사랑하면 되리라 싶은 내 사랑이여,

여기 와서 당신께 못다 준 내 안타까운 가슴속 비단
달빛에 씻습니다.

삼천포로 빠지세요!

남해안의 걸작
삼천포로 빠지세요!

노산 공원 아래 바닷가 오나 횟집 야외 식탁에
시인 이위발, 시인 김요일, 시인 이진우,
사업가 유경훈, 그리고 나
이렇게 앉아 삼천포 이야기 한다.

왜, 잘 나가다 삼천포로 빠졌다고 하는 거예요?
그 기원에 무슨 아름답고 멋진 정설이 있을 것인가.
그저 삼천포 아가씨 좋아, 인심 수심 청정한 이곳에서
우유눈꽃빙수 같은 천진무구 순수 지수를 높이고,

팔포 앞바다 구름과 등 푸른 목섬도 우리들 향기 듣고 있
도록
시곗바늘에 노릇노릇 구운 볼락을 얹어둔 황금 기운으로
삶의 진미 감칠맛 가득 찬, 절창의 자리 기념하며

내일 떠오를 태양을 환영하는 기치 높이 드나니

비할 데 없다.
흔쾌히 풍덩, 사랑에 빠지듯 삼천포로 빠진 행복!

열치매 나타난 지리산

창을 연다.
머얼리 지리산 천왕봉에 눈이 쌓여 있다.
심혈을 기울여 쌓아놓은 순백 통천 의지의 탑이다.

이 차가운 아침, 사람의 일을 모두 내려 보낸 채
대체 저 홀로 하늘과 통하는 무슨 희디흰 비책 행하였는가.
저 산 장엄, 참으로 고스란하다.

그래서 말인데,
결코 가벼이 할 농은 아니니 경건하게 무릎을 꿇고
할 만한 일이 하나 있다.

저 천왕봉 간절한 순백 그 위에 초록빛 젤리 캔디를 얹고
또 그 위에 붉은빛 화채와 알록달록 말캉말캉 새알 찹쌀떡
얹고
달콤 시원한 팥빙수 만들어 순은의 숟가락으로 떠먹고 싶은
그런 일.

그러니까

이 지상 어느 누군들 저 높이의 심장과 소통하고 싶지 않
겠는가.

접신한 봉우리에 쌓인 성 빙수를 잠시 내 안으로 모실 테니
모여라, 어여쁜 동심들.

유배지에서 보내는 벨소리

나는 파란 각설탕이다.

나는 투명한 유리로 만든
락앤락에 담겨 냉장고 속에서 너무 오래 살았다.
싫지 않은 편안한 추위가 만드는 긴장 상황을
신선한 바탕이라 받아들였다.

이제 나는
무색 공기와 뭉게구름 사이 고급 토파즈 빛 하늘이 보고
싶다.
많은 출렁거림을 감춘 초록색 언어의 숲과
잘 면도된 수평선을 가진 창 앞에서
햇살의 겨드랑이도 건드리고 싶다.

나는
나를 잘 유지 보관하게 해준 ±5℃를 신뢰해왔다.
그 신뢰는 유전자에 대한 신뢰보다 더 깊어지고 있다.
그러나

너로 인해 내가 녹아도 좋고

나로 인해 네가 녹아도 좋은
그런 세상 한 번 제대로 겪지는 못 했구나.

만나자, 블루 마운틴!

그랑께나가 내 말은

우짜모 좋노?
그랑께나가 내 말은

이렇게 설명하고 저렇게 설명하지만
우리 서로의 낱말이 달라
우리 서로의 어순이 달라
곧게 알아듣지 못하고 얼굴만 마주 보고 어안이 벙벙

가령,

그대 : 우리 다시 만날까요?
나 : 언지예!
그대 : 11월 둘째 주 휴일 어때요?
나 : 오대예!
그대 : 지금 만난 이 장소면 좋겠지요?

어휘가 달라도 몸의 말에 귀 기울이면 되는데
온몸과 목소리 그 표정을 책 읽듯 꼼꼼히 훑으면 되는데

말을 하고도 표현을 해놓고도 그대와 나는
기대하고 설레며 다시 만날 수 있을까?

언지예는 아니요, 오대예도 아니요
그런 뜻인 걸 그대가 모르는 줄도 모르고
언지예가 언제요, 오대예가 어디요
그렇게 그대가 긍정적으로 해석하고 있다는 사실
그것을 내가 또 모르고

게다가
언지예, 오대예, 그런 말이
한 번쯤 참하게 거절해 간절한 이의 애를 끓게 하는
매우 전형적인 장난기 가득한 순정의 대사라는 것을
그대가 모른다는 사실을 내가 온전히 모르고

그러니 우짜모 좋노!
그랑께나가 내 말은

수평선

칼 같네.

눈에 칼이 들어오는데
목에 칼이 들어오는데

반갑네.

이를 데 없이 놀라운
이 날카로운 정면에 보답코자 하니

펜을 쥔 내 손목 아래도 칼날
자판을 펼친 내 손바닥 아래도 칼날,
최후의 관문을 통과하는 무녀의 맨발 같은
내 영혼의 맨살을 강렬히 붙드는 이 칼날

무한 몰입으로 나를 기록하는
절대 고독의 책상인가 하는데

장렬히 나를 태울 불꽃 무대라 하네.

무대는 언제나 단두대,
내 의기는 날마다 장대해져 극에 치닫고
내 안의 강인한 매혹에 질려 미동도 하지 않는
칼날 끝.

점잖게 위장하고 있는 관객들!

일인분이 일인분에게

나는 일인분에 애착이 있네.

일인분의 태, 일인분의 생
일인분의 숨, 일인분의 결

일인분, 일인분, 일인분, 그 온전한 자립이
황금 비율 적립을 만드는 장엄 풍광의 메아리,
나는 그런 일인분에 애착이 있네.

내가 그대에게 일인분을 내어놓는 건
나의 모두를 내어놓는 것

죽을 지경, 거기서 나는 탄생하는가.
생명의 생명을 지니고 화창하게 번창하는 일인분
삶의 매혹 속에 밀착해가는 일인분!

제4부

내 영혼의 순백 에베레스트

아버지

아버지는 종손,
평생을 조상과 함께한 제사장이시다.

사시사철 기제, 시제, 묘제
종의 기원에 대한 경배를 상속받아
혼신을 바친 천군,
큰 집이시다.

아버지는
왈칵왈칵 쏟아지듯 변하는 세상 속에서
번영과 번창을 의무로 당신을 헌납한
우리들의 선사이시다.

아버지는
거침없이 상상력을 자극하는 풍요의 별빛
태양의 유적이시다.

출항

0

어머니께서 돌아가시는 순간
내가 보았던 숫자이다.

원점이다.

어머니는 삶의 순간순간을 아끼며
멸치도 잡고 문어도 잡고 감성돔도 잡고
복어도 잡고 민어도 잡고 거대한 아귀도 잡으셨다.

노인과 바다,
삶에 대한 헤밍웨이의 성찰에 동의하지만
그렇다고 어떻게 아무 일도 하지 않고
가만히 고기 잡는 일을 포기하겠는가.

꼴뚜기를 잡든 다랑어를 잡든
뭐든 잡아보기 위해 닻을 올리고 출항하는 일은

그렇게 고향에서 타향으로 나가보는 일은
유익한 비상이다.

어머니께서는
힘들여 잡은 물고기뿐 아니라 어머니 당신까지도
상어에게 물어뜯겨 온 바다를 핏빛으로 물들여야 했지만
어차피 이런 끝 그 누구도 피할 수 없는 인생 대단원이라면
고군분투, 고군분투, 장렬히 막을 내려야 역작이지 않겠
는가.

나는 이 세상을 떠나시는 어머니의
깃털보다 가벼운 영혼의 체중을 보았다.
어머니께서 영원에 닿은 신기의 순간을 보았다.

0

어머니의 침묵

영면도 선물인가?
안녕, 희로애락.

그렇게 참 편안하게 말끔하게 어머니 떠나시네.
저 너머 타계, 그 신비한 무량 세계 무한정 드시네.

사약 같기만 하던 삶이었기에
약 사발 던지듯 이 세상 등지면서
마침내 환하게 웃는 저 너머의 너머 무통 세계
약속 받으시는가?

여행자 보험도 없이 지도도 없이 전화기도 없이
유한은 갑갑해 모든 형체 훌훌 털고 훨훨 납시는 길
그곳이 얼마나 좋은지 아직 아무도 되돌아온 일 없으니
우리 어머니 가시는 곳도 낙으로 가득하려니 안심하려 하네.

저 너머의 너머에는 세월이란 것이 없을 터이고
이런 걱정 저런 근심은 이곳에서만의 일이라

우리 어머니 극락 중의 극락에 침소 정하시고
짐 없이 밝고 가볍고 건강한 영원 선물 받으시네.

여기부터 저 너머 저 너머까지 한정 없는 세계
모정으로 돌보시기 위해 더 큰 몸 선물 받으시네.

나는 순해지고 있네, 아아.

태창 95

오늘 아침, 장롱을 정리하다가
하얀색 러닝셔츠 하나를 발견한다.

태창 95!

내 어머니의 속옷,
내 어머니의 치수.

세상 등진 나의 어머니
한때 육신에 혼을 담아 사람 형상이셨을 적에
이 얇은 속옷의 튼튼함을 믿고
땀 흘리며 나를 키우는 데 일생을 바치셨지.

나의 피부 같은
내 영혼의 살갗 같은
내 어머니의 속옷, 태창 95.

이렇게 하얗게 예쁘게 벗어놓고 가셨으니

태창 95에서 출발하는 그 이상
몸을 넘어 영혼을 넘어 무한으로 가는 나의 치수

커져라, 커져라,
내 어머니의 응원 소리 가득가득한 장롱이
비밀을 머금은 입을 열듯 서랍을 여는 오늘 아침.

한정 없이 어마어마하시게나!
목화솜 같은 어머니의 말씀이 들리는
태창 95.

초록색 장갑

고운 손, 고운 인생!

딸이
거친 손으로 살게 될까 봐
부엌일이라고는 시키지 않으셨던
나의 어머니

운전할 때 따라붙는 자외선조차도
딸의 즐거운 시간 칙칙하게 할까
초록색 장갑을 사주셨네.
그것도 어디 먼 곳 다녀오는 사람에게
특별히 부탁해서
꽃, 꽃, 꽃, 눈독 들이게 예쁜 비밀의 정원으로 수놓인
초록색 장갑을 사주셨네.

이제 어떻게 아무렇게나 끼나,
어머니가 주신 이 유일무이한 초록색 장갑.
때 묻을까, 색 바랠까

보살피고, 보살피고, 또 보살피네.

어머니가
내 인생의 화장대 위에 놓고 가신
금지옥엽 초록색 장갑.

아버지의 가을 아침

오늘 아침 아버지는

텃밭에서 까마중을 따고 계신다.

이제 우리 행성 어느 흙인들 순정하겠는가만

덜 오염되었으리라 믿는 우리 집 앞

부추가 난초처럼 커 있는 텃밭 가장자리에

먹빛 파수꾼의 눈, 흑진주같이 익어 있는 열매를

손바닥을 그릇 삼아 따고 계신다.

딸의 몸 여기 저기 고장이라도 날까

이 약초는 이런 병을 예방한다,

또 이 약초는 이런 통증을 가라앉힌다,

동의보감, 향약집성방, 의방유취, 본초강목

효능과 부작용에 대한 안내의 출처도 다양하게

흙 위에 돋아나 대수롭지 않게 자리하고 있는 잡초들을

노년의 혜안이 담긴 손바닥으로 어루만지시며

이름과 생명력이 등재된 기록, 족보 있는 풀들을 응원하

신다.

홀대받던 잡초에게 약초로서의 당당함을 회복시켜주신

다.

아는 만큼 보인다고 알고 보면 산야가 약방이라
지심 가득한 풀밭, 이 귀한 야단법석의 화엄 만다라.

만덕화 할머니 말씀

너는 오래오래 신랑이 없을지 몰라.

그래도 올 거면 올 거고 갈 거면 갈 거다.

네 것이 될 거면 무슨 철벽이 막아도 네 것이 될 거다.

이번 생에서 네가 지닐 것과 지니지 못할 것

그리고 네가 담을 것과 담지 못할 것이 이미 정해진 듯

너는 갑갑하여 온 삶을 불꽃 무늬 열쇠 만들어 두드릴 것

이나

두드리지 않아도 둑 터지듯 열릴 것은 열리고

잠그고 잠가도 새어나갈 것은 새어나갈 것이니

믿으면 속으리라.

그러나 네 천성 순해 아무짝에도 필요 없는 말에까지

진정을 다해 귀를 기울이는 고약한 천진난만이라

몇 번이나 다쳐야 할 것이니 잘 꿰매 극복하며 영글어라.

모두들 너를 예쁘다 하고 멋지다 더불어 살자 하나

큰 고독의 우물에서 사경을 헤매는 만큼 공부가 깊어질 것

이니

홀로 있는 시간엔 천 리 밖을 보고 만 리 밖을 들으며

너머의 세계와 잘 사귀고 가슴에 응어리 장성일랑 쌓아두

지 말거라.

이번 생에 다리 세 개의 사내로 왔으면 얼마나 좋았겠느냐.

그러나 또 그랬으면 부모 없이 고아로 허덕였을 터

이래저래 모든 것을 다 갖출 수는 없는 것이 이 사바의 한계니

모든 복 중 하나 정도 빠지는 건 천지신명 시샘이라 여기고

너를 힘들게 하는 세속 세간에 빌붙은 먼지 가벼이 털어라.

꿈인 듯 생시인 듯 늙어가다 보면 한 천 년 해로할 대물,

우러러 모실 그윽한 신랑이 온다.

이력서 비창

검증된 인물이라고
크게 입소문이 나 멋진 이미지를 구축한
귀하의 이력서를 바라보고 있다.

사냥의 증명서,
몸과 마음을 바쳐 이룬 건축이다.
졸업, 졸업, 취득, 취득, 출간, 출간, 역임, 역임
마친 것과 획득한 것들이 한 층 한 층 반짝인다.

이별했으나 졸업이라 기록한 난
이용당하였으나 수련과 수행이라 기록한 난
타의에 의해 한껏 빼앗겼으나 투자라고 설명한 난
백지의 맨바닥을 장식한 글자들이 귀하의 알몸을 가운처
럼 가려준다.

질투하면서 씩씩대면서 더럽다고 퉤~ 침 뱉으며
버럭 일어나고 발끈 뒤집어지며 쥐도 사귀고 새도 모집하여
명함을 만들고 책을 쓰고 TV에 인생역전 고백을 주저리주

저리

  자신이 내어놓은 것들이 자신을 지키는 요새가 될 줄 알
지만.

  이력서여! 성공의 개념을 말해보아라.

  약력을 내어놓는다는 것은 사실 약점을 보이는 것과도 같
지 않은가.

  희로애락의 마디마디, 그 관절 속 성장판은 어디서 닫히게
될까?

  약력을 바라보는 시선 속의 X-ray를 즐기는 구운몽.

바다의 밑변을 만져보았니?

여수 오동도 앞바다
그 바다의 밑변을 만져보았니?

깊은 밑변
길고 따뜻한 비밀 있어 아름다운 자산인 저 아래를 몰라?
동백 열차 타고 태양을 향해 가보자고
바다가 시인을 부른다.

그리하여 여수 앞바다 가서 내 안의 혼란을 살피고
약속을 살피고 지병을 살피고 미소를 살피고
늘 쪽빛 아스피린으로 내 곁을 지킨 한려수도의 청정한 침
묵을 살피고

그렇게 나의 내부 고요한 진흙들, 그리고 그 이후와 이야
기하자며
물수제비 놀이 부추기는 얇은 돌조각의 이목구비에 몸을
포개어 붙이니
홀로 가득 풍광으로 앉아 말랑말랑 출렁이며 교신하던 열

사흘 달의 가슴

　그 가닥가닥 빛의 섬섬옥수, 은파의 발자국 쓰다듬는다.

　나를 향해, 내 영혼의 위대한 쓸모에 대해
　단풍 들듯 깨닫게 해주던 어제의 노을이 물결 위를 지나갈
때는
　딩동댕동 격려하는 힘이 실린 실로폰 소리 났는데, 그 소리
　늙고 야윈 성자의 간절한 기도 위한 무릎걸음처럼 내 어깨
위 디디며
　끄덕끄덕 긍정을 예언하던 표정, 그 움직임의 밑변도 어루
만진다.

　어느새 마음의 지문에 묻어 있는 여수 앞바다의 밑변,
　이제 그 아래 숨은 동백꽃 뿌리 그 정결한 숨소리의 밑변
을 들어 올려볼까?

힘 이야기

물 건너는 이는 힘 있어라.
물 건너게 하는 이는 더욱 힘 있어라.

보랏빛 구름이
젖은 머리카락을 어깨까지 늘어뜨린 채
긴 강물 앞에 서 있네.
그의 그림자를 덮고 편안히 누운 물결과 길

대책 없이 자유로워 보이는 구름도
알고 보면 물리칠 수 없는 필연의 질서에는 붙들리는 것
오렌지 향 구름이 되고 싶었나, 좌절 극복 표지판을 가슴
에 안고
보랏빛 구름이 긴 강물 앞에 서 있네.

얼마나 오래 검은 머리 풀어헤친 채 견디었는가.
슬픔과 시샘 속에서도 노래로 몸을 헹궈온 웅녀 구름
그러나 이제 그는 그를 짓뭉갠 고통조차 하얗게 빛나도록
세공하여

공작 깃털을 덧댄 왕관으로 이후를 장식하고 서 있네.

천 개의 뼈와 근육으로
아메바 운동을 하며 떠다니던 세월을 추수하고자
잠시 후텁지근한 지층에 발걸음을 심었는데
이 지상, 마침내 구름을 위하여 세상 바꾸어주리라 하네.

깊은 동정심으로 기도를 덧댄 초록 심장을 착하게 꺼내
모세의 지팡이처럼 기적의 길을 열어주는 신호등,
이 길 온몸을 꾹 눌러 짜면 주르르 신화가 치약처럼 흘러
나올 테지.
보랏빛 구름이 침착하게 긴 강물을 건너네.
빛의 피부 건너 건너 서슴없이 희로애락의 소실점을 찾으며
영원히 의로울 당신에게 가네.

구름 애인

당신을 알기에
내 삶은 날마다 최고의 날입니다.

아리스토텔레스 님,
당신의 어깨는 조금 균형을 잃었지만
그럼에도 불구하고 편안하군요.
거기 걸터앉아 바닐라 맛 달밤 공기를 들이키며
알렉산더의 빈손과 와인 한 잔 할까 해요.

다빈치 님,
모나리자의 미소 위에 걸터앉게 허락하실 거죠.
당신이 못다 그린 그 여자의 눈썹을 소리 없이 불러내
그 위에 높은음자리표 사분음표 팔분음표 고루고루 그려
넣고
거기서 슈베르트의 외로운 보리수를 만날까 해요.

어디 계신가요, 영혼의 모험가 릴케 님,
당신의 두이노를 제게 주시면 어떨는지요.

거기 잠 못 드는 밤을 위한 라벤더 향의 세계 하나 세워

아무도 모르게 내 소유의 고독한 전설로 등기해두고

당신을 승계한 상속세 잔뜩 내며

별들을 초대해 크리스마스 파티 열고 싶거든요.

원효 님, 당신의 파계도

다산 님, 당신의 유배도

내가 하늘을 향해 신나게 걸어 올라갈 수 있도록

신중한 계단이 되어주고 있지요.

내 공손한 눈물이 만든 큰 소금 연못 건너 건너에

내가 이룰 보송보송한 세상 있다고 토닥거려주셔서 감사
해요.

의자인 동시에 사다리

방주인 동시에 크루즈인 당신,

이제 나는 싱싱한 날계란을 깨어 입안에 넣듯 그렇게

저 너머 숭엄한 태양을 삼킬 수 있겠어요.

하늘 원고지

오늘, 나
기호 하나 붙들고 하루를 보냈어요.

새벽에 삽입한 쉼표 하나에 대해
오후 늦게까지 고민하고
그 쉼표 하나를 지울까 말까
해질 무렵까지 고뇌의 건반 건드리다가
조금 직전 지우기로 결정했지만
그대로 두어보는 것도 좋으리라
지금 또 이렇게 흔들리고 있는 중입니다.

그 지운 자리에 사자자리 별을 넣으면 어떨까.
그 지운 자리에 아스파라거스를 꽂으면 어떨까.

철저히 혼자라고 생각하며 마음 상해 깊은 몸살로 누웠다가
혼자가 아니라니까 하며 툴툴 털고 일어나니
잠시 의지했던 병상이 깊은 진흙 못 연근 잠수함 같습니다.
생각하고 생각하고 또 생각하고

연잎 닮은 쉼표 지운 자리에 빗물로 역류하는 느낌표

잠시 바캉스를 떠나는 쉼표에게는 초록색 선글라스를 주고
내 곁을 수호하려는 키다리 아저씨, 느낌표에겐 갈색 구두
를 주며
갓 구운 문장과 카페모카 한 잔을 나누어 마시는 시간
혈육지간이나 다름없는 그대들의 영원과 나의 무한이
한 극을 향해 자전의 지혜를 모을 때

그 순간 만나는 내 영혼의 순백 에베레스트
그간의 파란만장 그간의 희로애락은
여기서 끝.

레스보스의 작업실

논문을 쓰기에 가장 이상적인 상황은 바로 모든 책들, 새 책이건 오래된 책들이건 모두 집안에 갖고 있는 것이다.

— 움베르토 에코

그에 의하면, 과정은 다음의 몇 가지를 전제로 한다.

1. 그 책을 집에 가지고 있을 것
2. 그 책에다 밑줄을 그을 수 있을 것
3. 작업 계획이 이미 결정적으로 작성되어 있을 것

책들을 보면서 결혼 제도를 생각한다.
일부다처제, 일처다부제, 혹은 난혼.

그리고 내가 결혼하지 못한 당신에 대해 생각한다.

'내가 찾는 책들은 희귀하고 희귀하여 단지 국립도서관에만 있는 것이 대부분이다. 대출받을 수는 있지만 밑줄을 그을 수는 없다. 귀한 구절을 만나 귀퉁이를 접어두자니 내 것이 아니라는 이유로 부도덕이 된다. 겨우 한두 번 만나 어떻게 다 소화할 수 있겠는가. 복사를 한다 하더라도 원본의 향

기에 비할 바는 아니다.'

'엄청난 가치를 가진 값비싼 책, 세계에서 딱 한 권밖에 없는 책이라면 단지 바라보는 일 만으로도 가슴이 뛰기야 하겠지만, 훼손시켜서는 안 되기에 손을 내밀어 체온을 전할 수도 없다.'

'온갖 형형색색 펜으로 마음껏 밑줄 긋고 행간에는 간략한 메모도 남기고 책갈피를 삽입하거나 문득문득 떠오른 생각을 천 년 정도는 견딜 종이에 기록해 붙여두고 언제라도 내가 내킬 때 꺼내볼 수 있는 고서에서 신간까지, 시간이 흐를수록 젊어지는 모두에게 도움받는 멋진 개인 도서관. 얼마나 다채롭고 황홀한 집이 될까.'

책들을 보면서
이상하게 결혼 제도를 생각한다.
작업의 테마 별로 반려자를 바꾸는 이 격조 높은 판타지
'지식에 의해 식물 상태에 놓인 인간의 문제'를 극복할 수 있을까?

책 읽는 함초롬 눈동자

아는 것은 통쾌해요.

하지만
글 많이 읽는 것도 화근일 수 있고요,
책 많이 보는 것도 족쇄일 수 있어요.

선량하게 사는 것도 책 잡힐 일일 수 있고요,
배려하며 섬기는 일 질시와 반목에 다칠 수도 있어요.

이렇게 닮은 데가 있지요.
물론 선은 아메바 혹은 카멜레온,
자꾸만 자꾸만 모양과 색을 바꿔요.

그러나
그렇다고 어디 그런가요?

책 읽으며 사는 내 인생을 예뻐합니다.
이 변덕스런 세상의 조산운동 속에서

선의 심장을 놓치지 않는 나를 내가 지켜내야죠.

책장은 심신을 씻는 비누, 때를 밀어요.
날마다 가지런하고 차분하게 각질을 벗기며
나를 세척합니다.

책 — 죽은 자와의 인맥

책들은 배필,
장기이식을 해주는 배필

발레리를 펼치면 발레리가 배필
파인만을 펼치면 파인만이 배필

무한 가치를 지닌 값비싼 영혼
그들은 두뇌를 주고 가슴을 주고
손을 주고 발을 주고 심장과 신장, 허파까지 주지만
우리는 서로 헤어지는 일도 없이 여전히 사랑으로 온전하다.

인생은 인맥으로 이루어졌으나
죽은 자와의 인맥 없이 어찌 살아 있는 자들과 접속하랴.

그들의 글은 그들의 몸, 그들이 내게 남긴 연애편지
서재에 들면 나는 연애 본능으로 그들과 함께한다.

그들이 찍은 점 하나까지
나를 통해 귀하게 환생하도록.

제5부

자, 우리도 뽀뽀!

선반

눈을 감고 조용히 앉아
마음 안에 선반을 만듭니다.

거기에 얹어둘 게 많습니다.

걱정도 얹어두고 근심도 얹어두고
긴장도 얹어두고 초조도 얹어두고
염두에 두었던 것들 줄줄이 얹어둡니다.

저게 다 숙제다 싶은 것이,
이전 생에 못다 한 나머지 공부
이번 생에까지 따라왔나 봅니다.
수강 신청하듯 다음 인생을 신청할 수 있다면
숙제가 적은 인생을 택할 텐데 합니다만,

뜻밖에도
저 숙제들이 저를 택했다고 하니
이 사명을 떠나 어디서 또 뵙겠습니까.

내 사랑 쿠폰

당신은 황금 경전
신이 보낸 무한 할증 쿠폰
나의 값을 수직으로 상승시키지.

함께 하면 200%, 아니 그 이상의 소원도 성취되나니
그러므로 당신과 만날 때는 꼭 애피타이저가 필요해.
애착과 집중, 그 매혹의 격을 호위하는 의전이 중요하니까.

분량은 적으나 함축적이면 좋겠고
고급 재료를 사용하여 최고의 맛을 갖춘
빼어난 한 가지면 일단 무능과 무례는 탈피하겠지?

호랑이 수프를 올릴까?
사자고기 샐러드를 올릴까?
캐비어 혹은 말벌과 포도주? 뭐든 당신의 심중을 열게 한
다면
하하하, 즐거운 성장과 상생의 첫 페이지가 시작된 거야.

당신의 의식이 거만하건

당신의 무의식이 교활하건
짜릿하게 맵고 새콤 달콤 쌉쌀한 애피타이저가 북돋아준
결집은
널리 이로운 관계의 집대성을 낳는 근원

그러니 이 시대 우리의 사귐은
무궁무진 서로에게 더 많은 존경심과 기쁨을 주는
시너지 쿠폰처럼!

해바라기가 피어 있는 구석 벽

따글따글한 정오,
해가 해바라기를 바라보고 있다.

해만 바라보고 산다는 일, 참으로 허리 아픈 경험이란 것
전생에 뼈저리게 울먹울먹 곯았던 걸까.
중천에서 이글거리는 해가 오히려 혼신을 굽혀 자기를 바
라보도록
도도하게 핀 해바라기 한 송이의 현재 참으로 기특하다.

사람 손이 뿌린 씨는 아닌 듯
아무리 살펴도 바람 손이 뿌린 듯만 한
해바라기 몸 한 채의 현재진행형 가없이 튼튼하다.

기댈 언덕과 다리 뻗을 곳 보아가며 자리 잡는 일
아직도 가끔 서투르고 둔하여 수수리 수수리
길한 터 흉한 터 풍수지리설에도 가끔 발을 담그는
사람 사람이여, 저 천한 자리의 해바라기 좀 보아라.

어느 누구도 주목하지 않았던

질척한 자갈 뒹구는 값싼 구석에 제 귀한 뿌리를 내린 후

햇빛과 동급으로 턱 버티고 섰으니

어느새 해가 해바라기를 귀하게 모신다.

깊이에의 옹호

마음의 북극, 그 너머에 가보았나요?

거기서 만난 얼음 오두막은 오븐 같아요.
차가운 힘으로 누구도 범접 못할 뜨거운 것들을 구워내지
요.
하지만 이는 숱한 예각의 숲에서 치유 어려운 상처 입으며
외로운 결정을 내리고서야 가능해지는 일

또,
풀에게도 의견을 묻고
바람에게도 의견을 묻고
먼 데 별이나 아직 살아보지도 않은 미래에게 조언을 구하며
오로지 홀로 뼛속 깊디깊은 곳에 소원의 산정을 둔
외로운 충전,
외로운 응전,
그 이후라야 지극에까지 상정시킬 수 있는 일

아무도 없고 아무것도 가지지 못해

온몸이 소스라치도록 얇아지는 체험 해보았나요?

가령, 빵집을 지날 때는 빵들이 부르는 소리를 듣게 되고

바람결에 흔들리는 햇살 한 묶음 또 한 묶음 그 사이로

새떼들 지나가며 하프 연주하는 듯 감미로운 소리도 듣게 되고

꽃 피우고 흙 우는 자리 징검징검 디디고 계절 지나가는 소리도 듣게 되던

망사 자락처럼 얇아진 몸

그 순간 영혼의 순도, 차디차게 눈부심이 마땅합니다.

새롭게 열릴 하늘은 거기에 태반을 두고

극비리에 만년설 고위도 지방을 안고 있는 것이니

나의 파란만장, 투명한 다이아몬드로 익어 나오겠지요?

깨달음은 발효 과학, 이 외로운 몰입 이후.

촌철살인에의 옹호

극명, 거기면 좋겠다,
너를 만나는 곳

그리고 직입!

하지만
극진의 극점 거기면 오히려 어두울 테니
더할 나위 없는 곳이 어디인지
또 다른 무한의 입구에 나를 세운다.

내 몸에 단 한 번도 맞지 않았던 헐거운 세상아,
두 마디도 길다, 헤매며 허덕여온 영혼
그 극과 극이 무슨 말을 해.

돌파!

문

보름달이 떴습니다.
만월문입니다.

키가 작은 나는 달을 향해 발뒤꿈치를 듭니다.
두 손을 쫙 펴고 두 팔 높이 들어 올려 손을 가까이
잼잼 하던 손가락을 사이좋게 붙이고 손바닥을 가까이
금색을 껴안은 은빛 달의 볼에 부드럽게 갖다 댑니다.

아마도 저 건너 저 너머 캄캄하게 복잡한 우주에서는
귀인을 찾는 초인종 소리가 커다랗게 울렸을 겁니다.
나의 기척이 그곳으로 가서 나를 전했을 겁니다.

손을 가까이, 온몸을 가까이, 영육을 다하여
이번에는 손가락으로 꾸~욱 누릅니다.

"누구세요?"
하고 누군가가 우주의 문을 열고
나올 것 같지 않습니까?

루비 울타리

길을 가다가 12시를 만난다.
정오, 그 지점에서 내 삶이 깍듯하다.

순간, 시계의 테두리 같은 주변을 둘러본다.
타인의 취향 속의 나는 반듯하게 오른쪽으로 가는 시곗바늘
그런데 반듯, 그것 참 단아한 전형일 뿐이라는 생각이 든다.

결과는 어떤 일의 대답인가.
요리 책 속의 어슷썰기, 깍둑썰기, 몇 센티미터, 몇 그램
그것처럼 정돈된 공식 속의 내용으로 숨 쉬며 나를 정비했
지만
빨 주 노 초 파 남 보, 피 말리는 재난만 들락날락 하더라.

하지만 파경의 중심이 진정 새로운 세계의 정면일 줄이야.

얼굴에 흙 묻히니 그 흙 닦아주려는 사람 걸어온다.
등에 돌 맞으니 그 등 감싸며 멍 풀어주려는 사람 달려온다.

맨손 맨발 맨입인 나를 품이 크고 힘센 귀인들이 둘러싼다.

나, 정오 방향의 선바위, 감사 기도 하는 사람
여기가 천단이다.

블루베리 브라우니

당신을 내 마음에 꼭 들게 완성해내려 한다.

내 마음은 이미 오래전부터 소망으로 채워져 있었고
그다음 사랑스런 능력을 준비하느라 애쓰며 세월 보냈으니
이제 내어놓는 다음의 재료와 함께 기꺼이 하늘의 도움을
받으리라.

버터 약간, 설탕 약간, 소금 약간, 달걀,
초코 시럽 조금, 박력분 약간, 코코아 가루 조금,
바닐라 가루 조금, 블루베리 약간

자연스럽게 녹인 버터를 우리 사이에 채운 뒤
따뜻하게 떨리는 나의 손으로 당신의 긴장을 풀어주기 시작,

그리고 나서는 부드러운 상태의 버터에 설탕을 넣은 뒤
충분히 젓고 어루만지며 별을 품은 열정까지 녹여가기 시작,

그다음에 신화 같은 달걀을 두세 번 나누어 넣고
약간의 소금으로 간을 한 후 연한 노란색의 버터크림을 만

들어주기 시작,

　버터크림 상태로 있는 우리의 분위기에 초코 시럽을 넣어
잘 섞어준 뒤에
　박력분, 코코아 가루, 바닐라 가루를 넣어 거품이 죽지 않
게 계속 저어주기 시작,

　그렇게 우리 모두 반죽으로 어울린 이후 블루베리를 넣어
다시 한 번 더 버무린 다음
　열대우림을 지나는 풍요로운 원시의 온도로 예열 완료된
오븐에 20분간 굽기.

　우리는 어디서 왔을까?
　모두가 혀를 내두르며 탐내는
　맛있는 당신의 완성!

공

야구 경기를 본다.
공은 행이기도 하고 불행이기도 하구나.

저기 피처의 손에 담긴 비밀
단도직입적으로 날아올 기세의 공은
복권 같기도 하고 화근 같기도 하니
방망이가 공을 능동적으로 맞거나 수동적으로 맞거나
맞추거나 맞히거나 타자에게 와서 타점이 될 것이다.

이리 오너라, 타!
저리 비켜라, 타!
방망이가 어느 구호를 선택하든 서로는 맞수이자 모순
그러니 기꺼운 환대든 찡그린 홀대든 방문에 대한 예의야
단단한 방망이를 든 타자가 알아서 처신할 일이지만

묘수나 묘책은 천기를 따르는 법이니
이렇게 날아 들어오는 공이야말로 노다지
저렇게 굴러 들어오는 공이야말로 노다지

공 수레 공 수거의 힘이야말로

탄성을 자아내는 뼛속 근육의 포진 아닌가.

타! 타! 타!

운명과 만나는 저 격동의 죽비 소리.

다리

내 다리는 가위다.

나를 굳게 가두는
달갑지 않은 가시 울타리를 삭둑 자르는
혹은, 단번에 내리치는
날카롭고 거침없는 연장이다.

발을 묶는 큰 강에서는
오히려 물을 베면서 새 길을 내고
목숨을 밟는 궁한 철통 속에서는
탁탁 끊고 툭툭 부러뜨리며 도움닫기 한다.

누가 희망을 유폐한단 말인가.
세상의 모든 길은 날아오르기 위한 활주로
만사 될성부르다.

인생, 이 예쁜 손님

손님이신가?
이 예쁜, 내게 단 한 번뿐인 이 기적, 인생

잠시 이 세상에 불려 나왔는데,
저 높은 끝, 별을 바라보는 이름 지어주더니
환하게 훨훨 타서 닿고자 하는 곳에 닿는 존재가 되라니
마침내 궁극을 불러내는 힘의 기호가 되라니
청청한 진심, 이토록 간절함 다시 있을까?

사랑한다, 사랑한다,
이 불후의 손님!

즐거운 착시

가끔
착시는 타우린 같다.

고성군 하이면 덕명리 산골에서 만난 표지판
'마을 끝까지 속도를 늦추시오'는
'마음 끝까지 속도를 늦추시오'로 읽고
자중한다.

장마철 물 불어난 지리산 계곡 드라이브하며
'여기부터 휴천면입니다'는
'여기부터 휴전선입니다'로 읽으니
서늘하다.

접시에 담긴 빨간 껍질의 캔디를 보며
'크라운 땅콩 카라멜'을
'그리운 땅콩 가가멜'이라 읽고
개구쟁이 스머프를 생각한다.

달력 위에 써놓은 글자,

'결핵 검진'은 '건학 정신'으로 읽고
화장품 광고 속의 'OHUI'는 '아내'로 읽는다.

즐겁게 길을 몰고 가다가
더 큰 즐거움으로 시간 위에서 흔들흔들 쉬다가
뜻하지 않은 순간, 내게 꼭 필요한 조언을 얻는다.

뽀뽀

창녕 비봉리 유적에서 출토된
신석기 시대 멧돼지 문양 토기 편
그 조각 맞추기를 들여다본다.

가장 오래된 돼지 ―
우리나라에서 가장 오래된 동물 그림이다. 새긴 그림 형태
는 물고기에 가까우나 등 부분에 돌기가 나 있고, 앞쪽에 두
개의 다리가 표현되어 멧돼지와 같은 네 발 짐승으로 추정된
다. 머리 쪽에는 눈 또는 코를 표현한 것으로 보이는 두 점이
찍혀 있고, 몸체에는 얕은 문살무늬가 채워져 있다(국립김해
박물관들여다보기, 2009. p. 17).

애초에, 도무지 무엇인지 잘 모르겠는 조각 하나
그리고 조각 하나 더, 그렇게 만나 뽀뽀를 하고
한 덩어리로 참하게 복원이 된 기특한 원본을 어루만지니
만남을 이룬다는 건 이렇게 조각 맞추기를 완성하는 일
같다.

한 굽이 한 조각 또 한 굽이 또 한 조각

이렇게 뽀뽀를 하고 또 뽀뽀를 하고

찰싹 붙어 함께 꾸는 꿈 그 건축을 굳건히 해나가면

파손과 이산은 세월을 이기느라 겪은 우여곡절 가락에 다름 아니니,

나에게 꼭 맞을 너의 심신 한 조각 앞에

더없이 네게 맞을 나의 심신 한 조각 있다.

자, 우리도 뽀뽀!

진품

어마어마하군요.
나에게 힘을 불어넣는 당신.

그 힘으로 나를 일으키고
그 힘으로 나를 북돋우며
그 힘으로 나를 굉장하게 하니,

당신의 힘은 장엄, 나의 옷이군요.
언제나 내가 그 힘을 입어 거룩해지니!

나에게 힘을 쏟아 넣는 당신
나에게 모든 것을 이식하는 당신
나의 모든 전생이 축적해온 사랑의 총량을
혼신을 다해 헤아리게 하는 당신.

만날 때마다
당신은 나의 머리를 장식하는 관,
당신은 나의 목을 장식하는 목걸이,

당신은 나의 손가락을 장식하는 가락지.

그리하여 무르익고 있지요.
새로운 기원 이루어가고 있지요.
감히 훌륭한 나를 만들어가고 있지요.

기꺼이 태어나고 있어요.
오리진!

후손

아들에게 내가 말했다.

"저 사람 참 부러워. 돈도 많고, 사회적 지위도 높고, 승승
장구······."

아들이 나에게 말했다.

"후손이 없잖아요."

나는 순간 아무 것도 부럽지 않아졌다.
승승장구 못 하는 나를 탓하지 않고
승승장구 또 승승장구 또 승승장구
그렇게 뻗어나갈 내 아들이 내 곁에 있다.

그래, 나는 후손이 있다.
그래, 나는 불사의 미래가 있다!

사랑과 기원을 찾아가는 시적 자의식

— 김은정의 시세계

유성호

1.

대체로 김은정의 시편에는, 시인이 사물을 해석하고 그것을 실존적으로 전유하려는 욕망이 깊이 관철되어 있다. 그녀는 사물을 물리적 속성 그대로 드러내지 않고, 그 사물들과 자신이 맺어가는 관계 양상에 깊이 주목한다. 가령 첫 시집 『너를 어떻게 읽어야 할까』(천년의시작, 2006)의 해설을 쓴 김열규 교수는 "시인의 감정과 사물의 속성 사이의 안일한 야합이나 술 취한 듯한 도취 등은 그녀의 시에서는 얼씬도 않는다."라고 멋지게 갈파한 바 있는데, 이처럼 그녀는 주관과 객관 사이의 단순한 결합에 한껏 원심력을 부여하면서, 사물을 온전하게 재현하면서도 그 안에 자신만의 경험적 직접성을 섬세하게 저며 넣는 시인이다.

그런가 하면 김은정 시인은 2인칭의 존재에 대해서는 '나-너'

의 온전한 관계를 충실하게 소망하면서, 그 2인칭이 자신이 가장 중요하게 추구하고 찾아내야 할 시적 대상임을 고백하고 다짐한다. 자연스럽게 '연가(戀歌)'의 형식을 띠게 되는 이러한 목소리는, 첫 시집에서도 그녀 시편을 일관되게 규율해온 원초적 동력이었다고 할 수 있다. 놀랍게도 첫 시집의 표4 글에서 이미 강은교 선생은 "나와 너가 있다. 우리는 존재한다. 연애 속에서, 연애의 완성이 아닌, 그 끊임없는 지속 속에서."라고 그 속성을 핵심적으로 응집한 바 있다. 이처럼 연가의 형식을 집중적으로 띠는 김은정 시편들은 이번 시집에서도 단연 압도적인 분포를 이룬다. 다음 시편을 먼저 읽어보자.

> 내 이런 날이 올 줄 알았다
>
> 꽃은
> 세상에서 가장 밝게 웃는 저항
> 가장 화려하게 내장을 뒤집는 묵음의 육성
> 이 비명을 누가 감히 괘씸타 하랴
>
> 네 속에서
> 차곡차곡 곪은 응어리
> 층층다층 보관된 농축 신열이
> 이렇게 꽃으로 몸을 바꿔 마음 안의 바위를 녹여낼 날
> 내 이런 날이 올 줄 알았다
>
> 꽃은 복음이지만

꽃의 뿌리는 비명이다
어찌 절규 없이 꽃을 얻으랴

이 세상의 시간은 달리는 공동묘지
까맣게 태워온 너의 가슴뼈는 곧 다이아몬드로 남으리니
세상은 고쳐지는 법
그러므로 쇠붙이로만 검을 만드는 것은 아니리라
향기가 도끼인 때도 있어 벽도 흔들리나니

—「꽃」전문

　시인의 시선은 가장 심미적인 자연 사물인 '꽃'에 가 닿는다. '꽃'에는 이중의 속성이 담겨 있는데, 하나가 "세상에서 가장 밝게 웃는" 외관과 관련한 것이라면, 다른 하나는 '저항'이라는 말에 상징적으로 집약되어 있다. 어떻게 '꽃'은 "가장 화려"하면서도 "내장을 뒤집는 묵음의 육성"일 수 있었는가? 더구나 그 육성에 '비명'이 묻어 있다면서, 시인은 '꽃'에서 "굵은 응어리"나 "농축 신열"을 발견하고 궁극에는 그 안에서 "마음 안의 바위를 녹여낼 날"이 자신에게도 도래할 것임을 예감하지 않는가? 결국 '복음'이자 '비명'인 '꽃'의 양면성은, 이렇게 세상을 한편으로는 "달리는 공동묘지"로 다른 한편으로는 "다이아몬드"로 연상하게 하는 것이다. 쇠붙이로 검을 만드는 것이 아니라 오로지 '향기'로 벽을 흔드는 '꽃'의 이러한 역동성은, 시인 자신으로 하여금 활달하고도 아름다운 '절규'를 통해 궁극적 심미성에 가 닿게 해준다. 결국 김은정 시인은 '꽃'의 그 "부드러운 살"(「꽃잎」)을 섬세하게 만지면서 그 안에서 "마땅히 품안에 들여야 하는 거룩한 무한"(「고

145

개 넘어가기」)을 함께 발견해간다. 그 사랑과 발견의 과정이 단연 역동적이고 치열하다. 그래서 그녀는 "서로를 알아보는 순간, 이 순간이야말로 칼,/이 순간이 지금부터와 지금 이전을 자르고는 스스로 밝아집니다."(「마른 풀잎을 쓰다듬는 달」)라고 말할 수 있었을 것이다. '꽃'을 향한 사랑과 발견의 매혹적 과정이 이 시편을 그렇게 물들이고 있다. 다음 시편 역시 그러한 자장 안에 있다.

> 당신은 물시계 추로 지평선 아래 누웠다가
> 청명한 날 내게로 발돋움합니다.
> 오래 보듬고 살았던 젖은 눈동자를
> 아주 조심스럽게 깜박일 때면
> 더 먼 과거의 당신까지 내게 오고 있는 것이지요.
> 수십억 년 전 과거를 보여주는 현재
> 당신은 나와 어떤 각을 이루고 산이나 나무나 건물
> 또는 안개를 바라보다가
> 다시 잘 익은 한 톨 미래를 보여주기도 합니다.
> 인적 드문 곳이면 더욱 좋아요.
> 혼탁하고 번거로운 함정을 지나
> 당신은 이제 해시계 바늘로 새 지평에 섰습니다.
>
> ─「촉」 전문

'촉'이란 난초나 풀 따위의 뾰족하게 올라오는 싹이기도 하고, 긴 물건의 끝에 박힌 뾰족한 것이기도 하고, 불교에서 말하는 주관과 객관의 접촉 감각을 이르기도 한다. 이런 다양한 '촉'이 여기 한꺼번에 겹쳐 읽힌다. 먼저 시인은 '당신'이 물시계 추가 되어 자신에게로 발돋움하는 형상을 묘사한다. '당신'은 지평선 아래 누웠다가 청명한 날 "오래 보듬고 살았던 젖은 눈동자"를 깜박이면서 "더 먼 과거의 당신까지" 데리고 온다. "수십억 년 전 과거를 보여주는 현재"라고 명명한 '충만한 현재형'을 담고 있는 이 충일하고도 호혜적인 합일의 공간에서 두 사람은 환하게 만난다. 그 공간에서 '나'와 '당신'은 "다시 잘 익은 한 톨 미래"를 보여줌으로써 '과거-현재-미래'의 구획을 지우면서 새롭게 한 몸을 이룬다. 각을 이루고 살아왔던 시간을 보내면서 '나'는 "해시계 바늘로 새 지평"에 그렇게 서 있는 당신을 만난다. 이때 제목에 쓰인 '촉'은, 새로운 만남을 함의하는 생명의 싹이기도 하고, 새롭게 솟아오른 시곗바늘의 촉이기도 하고, 나와 당신이 이루는 접촉의 한 순간을 은유하기도 한다. 그 '촉'의 순간을 통해 시인은, 한결같이 '나-너'의 온전한 관계를 통해서만 자신이 가장 오롯한 존재 형식을 이루어갈 수 있음을 고백하는 것이다. 물론 이러한 사랑의 고백은 시인으로 하여금 "당신을 마중하는 물기둥 가락이 되어 당신 속의 거대한 기운을 뽑아"(「봄비」) 올리겠다는 의욕과, "당신은 복이 많다./나를 찾아냈기 때문이다./나는 더 복이 많다./당신을 맞았기 때문이다."(「맞절」) 같은 상호 의존성을 동시에 가능하게 해준다.

간이역은 관계를 잠시 쉬어가게 하는 누각,

그러니 나는 당신을 기다림이 마땅합니다.

기다림이야말로 끝없는 접속이니까.

잘 잊을 줄 아는 것이 평화의 길이라지만
나는 잊지 않는 능력으로 행복한 사람

살아온 칸 칸, 량 량
집중하고 몰두하며 굳건히 안고 있다가
검은 협궤 터널 통과한 후 청천 같은 당신을 얻었을 때
그때의 완사역이 내 애착의 이력 안으로 들어와
추억의 모서리에 침전해 있습니다.

휴식이야말로
가만히 당신 쪽으로 또 한 번 접안하게 하는 힘을 만드는
비밀 가득한 대궐,

그저 사랑하면 되리라 싶은 내 사랑이여,
여기 와서 당신께 못다 준 내 안타까운 가슴속 비단
달빛에 씻습니다.

— 「완사역」 전문

　'완사역(浣紗驛)'은 경남 사천 곤명에 위치한 간이역이다. 이
고즈넉한 '간이역'에서 시인은 "관계를 잠시 쉬어가게 하는" 시
간을 경험하면서, 그 '쉼'의 힘으로 "나는 당신을 기다림이 마
땅"하다고 강조한다. "기다림이야말로 끝없는 접속"이고, 자신
은 "잊지 않는 능력으로 행복한 사람"이니, 그렇게 간이역에서
아니 스스로 간이역이 되어 누군가를 기다리는 삶의 양식이야

말로 호환할 수 없는 고유하고도 아름다운 삶의 방식이 되지 않
겠는가? 그러다가 오랜 시간의 기다림이 지나 "검은 협궤 터널
통과한 후 청천 같은 당신"을 만나면 '완사역'은 어느새 시인
의 "애착의 이력"이 되어 추억의 모서리에 침전한다. 다시 한 번
'휴식'이야말로 '당신'과 '나'를 "접안하게 하는 힘을 만드는/
비밀 가득한 대궐"이 되고, 시인은 "그저 사랑하면 되리라 싶은
내 사랑"에게, 완사역이라는 이름처럼, "당신께 못다 준 내 안
타까운 가슴속 비단"을 달빛에 씻고 있는 것이다. 이처럼 김은
정 시인은 "의자인 동시에 사다리/방주인 동시에 크루즈인 당
신"(「구름 애인」)을 향한 섬세하고도 열렬한 목소리 혹은 "내 안의
우주, 내 안의 무한, 내 안의 영원"(「발판」)인 당신을 향해 가는 오
랜 도정을 통해 자신만의 사랑의 시학을 완성해간다. 빼어난 서
정이 아닐 수 없다. 그리고 그녀는 '꽃'과 '촉'과 '역'을 다 지나
결국 "착한 심장" 하나를 얻어낸다.

사람이 사람을 바라보네.

가만히 가만히 좋아하다가
사람의 영혼이 사람의 영혼을 부르네.

그 영혼의 정수리에 왕관 같은 푸른 하늘
사랑으로, 사랑 그 이상으로 환하게 만나니
오, 눈부셔라.

저기 아낌없이 자기를 여는 착한 심장 하나 걸어오고 있네.
저기 열렬히 신생의 물 기원하는 때때 지붕을 타고 흐르는
달콤한 초콜릿 빛깔의 밤안개와 친절한 우주의 약손
저기 더없이 너그러운 체온으로 순금의 지문을 문지르며
오직 나만 아는 성심 하나 가던 길 돌아 내게로 걸어오고
있네.

내 살아온 나날의 기록인 나의 몸을
좌절과 허망이 누적된 유서에서 초록 지느러미가 달린
푸들푸들한 연서로 바꾸는 힘을 지닌 당신,
비에 젖은 자정에서 달빛에 포근히 마른 순정한 성결의
자정까지
나의 깊은 거기에 당신의 깊은 거기가 오래오래 닿는다면.

불면의 내가 불면의 나를 바라보며
잘 살 궁리의 꿈길을 여네.

어서 오라! 진정에 목마른 극진한 진정아.
　　　　　　　　　　—「착한 심장 하나 걸어오고 있네」 전문

　여기서 서로 마주 보고 가만히 좋아하고 서로의 영혼을 부르는 두 사람은, 앞 시편들에서 본 '꽃(당신)'과 '나' 처럼, "영혼의 정수리에 왕관 같은 푸른 하늘"을 이고 "사랑 그 이상"으로 환하게 만나는 존재들이다. 사랑으로 만나고 사랑으로 눈부신 한 사람은 "아낌없이 자기를 여는 착한 심장"을 가진 존재로 다가온다. 마치 "나의 심장 소리는/나를 향해 우주가 두드리는 북소

리"(「북 치는 우주」)라는 고백처럼, "어느 누군들 저 높이의 심장과 소통하고 싶지 않겠는가."(「열치매 나타난 지리산」)라는 찬탄처럼, 그 심장 소리는 "친절한 우주의 약손"이나 "너그러운 체온으로 순금의 지문을 문지르며/오직 나만 아는 성심 하나"로 변주되어 나타난다. 그렇게 '당신'은 "내 살아온 나날의 기록인 나의 몸"을 '유서(遺書)'에서 '연서(戀書)'로 바꾸는 힘을 지녔다. 그리고 "나의 깊은 거기에 당신의 깊은 거기가 오래오래 닿는다면" 아마도 그 사랑은 육과 영을 통일한, 혹은 "진정에 목마른 극진한 진정"으로 거듭나게 될 것이다. 그 '착한 심장'이 바로 김은정 시편 곳곳에 드러나는 "나에게 힘을 불어넣는 당신"(「진품」) 혹은 "나의 긍지인 당신"(「아침」)의 안쪽에 "향기로운 두근두근함"(「크레마」)으로 존재하는 것이다.

원래 '사랑'이란 쌍방향적이고 상호 소통적인 것을 지향한다. 하지만 서정시에서는 그 사랑이 승인되기보다 유보되거나 좌절됨으로써 얻는 심미성과 간절함이 더 강렬한 법이다. 여기서 우리는 왜 사랑의 완성형보다 그 결여 형식이 더 깊은 감동과 리얼리티를 동시에 주는가를 심층적으로 물어볼 수 있다. 김은정 시학은 그 질문에 대한 충실한 답을 준다. 가령 그녀의 사랑 시학은 '쉼'과 '기다림'의 힘을 통해, 결핍과 불모의 상황에 처한 개인들을 위무하면서, 그들에게 역설적인 생의 활력을 불어넣어주는 역할을 해주기 때문이다.

다시 강조하거니와 생명체로서의 존재 증명에 '사랑'보다 더 분명하고 강렬한 것은 없다. 그리고 그것은 시적 사유가 본질적으로 '나-너'의 관계를 강조하는 데 있음을 말해주기도 한다. 일찍이 마르틴 부버는 근원어를 두 가지로 설명한 바 있는데, '나-너(Ich-Du)'와 '나-그것(Ich-Es)'이 그것이다. 이때 '나-너'는 존재의 전체를 바쳐서만 말할 수 있는 것이다. '나'라는 것은 '너'와의 관계 속에서만 존재 가능하기 때문이다. 김은정의 시적 사유는 이러한 전제에서 발원하고 귀일하는 일관된 특성을 지닌다. 그만큼 그녀의 시편들은 인간의 가장 깊은 사랑의 수원(水源)에서 생성하여, 가장 먼 곳으로 흘러가는 융융한 사랑의 물결이 아닐 수 없다.

2.

이렇게 2인칭을 향한 간절하고도 당당한 사랑과 합일의 희원을 노래한 김은정 시인은, 시집의 가장 깊은 곳에서 자신의 존재론적 기원을 깊이 탐색하고 증언하고 형상화한다. 이 형상 안에는 그동안 김은정 시학이 도달하려 했던 가장 중요한 원질(原質)이 숨어 있다고 할 수 있다. 이러한 경험적 발화들은 '기억'과 '고백'의 형식을 통해 줄곧 수행되는데, 시인은 이를 통해 자신이 발원해온 궁극적 시간들과 내면에서 잊혀진 근원적인 것들을 동시에 환기하는 서정성을 충족해낸다. 시인이 풍부하게 보여주는 덕목들 가령 사물들이 품고 있는 비의(秘義) 탐색, 그것을 현재적 삶과 결속하면서 끌어올리는 그리움의 형상 등은 그녀 시편들이 빚고 있는 가장 중심적인 광맥이 아닐 수 없는 것이

다. 따라서 우리는 이러한 기억과 고백의 형식을 통해 길어올리
는 시인의 절절한 언어를 따라가면서, 그녀가 우리에게 들려주
려는 가슴 먹먹한 전언들을 만나게 된다. 다음 시편들 안에 그
시간의 바닥이 숨쉬고 있다.

오늘 아침, 장롱을 정리하다가
하얀색 러닝셔츠 하나를 발견한다.

태창 95!

내 어머니의 속옷,
내 어머니의 치수.

세상 등진 나의 어머니
한때 육신에 혼을 담아 사람 형상이셨을 적에
이 얇은 속옷의 튼튼함을 믿고
땀 흘리며 나를 키우는 데 일생을 바치셨지.

나의 피부 같은
내 영혼의 살갗 같은
내 어머니의 속옷, 태창 95.

이렇게 하얗게 예쁘게 벗어놓고 가셨으니
태창 95에서 출발하는 그 이상
몸을 넘어 영혼을 넘어 무한으로 가는 나의 치수

커져라, 커져라,
내 어머니의 응원 소리 가득 가득한 장롱이
비밀을 머금은 입을 열듯 서랍을 여는 오늘 아침.

한정 없이 어마어마하시게나!
목화솜 같은 어머니의 말씀이 들리는
태창 95.

— 「태창95」 전문

구체적 사물을 통해 근원에 대한 기억을 누구보다 강렬하게
결속하고 있는 시인은, 기억의 심층을 바탕으로 자신의 존재론
적 기원(origin)을 찾아나선다. 이러한 지향은 자신의 존재론을
상상적으로 탈환하는 과정을 담고 있다. 그만큼 그녀는 가장 구
체적인 사물을 통해 지난날의 기억을 심미적으로 재현하면서,
우리 삶의 현재형이 그 아름다운 기억을 통해서 가능한 것이었
음을 섬세하게 노래한다. 그럼으로써 서정시의 본래적 기능이
이러한 존재론적 탐침을 통한 근원 지향에 있음을 증명하고 있
는 것이다. 그 근원에 '어머니'가 선명하게 계시다.

시인은 장롱을 정리하다가 어머니가 입으시던 "하얀색 러닝
셔츠 하나"를 발견한다. 그 상표에는 "태창 95"라고 씌어 있다.
어머니의 육신을 오래도록 감쌌을 그 속옷을 두고 시인은 "내
어머니의 치수"라고 명명한다. 돌아가신 어머니는 이 얇은 속옷
을 입으신 채 땀 흘리며 시인을 키우셨을 것이다. "나의 피부 같
은/내 영혼의 살갗 같은/내 어머니의 속옷"은 그렇게 시인에게

남겨져 "몸을 넘어 영혼을 넘어 무한으로 가는 나의 치수"가 되어준다. "내 어머니의 응원 소리"는 그렇게 장롱을 가득 채우고 "목화솜 같은" 말씀으로 흘러나온다. 그 "태창 95"의 색깔과 치수와 남겨진 여운은, "어머니가/내 인생의 화장대 위에 놓고 가신/금지옥엽 초록색 장갑"(「초록색 장갑」)과 함께, 시인의 존재론을 지금까지 끌고 온 바탕이었던 셈이다. 그리고 그 기억은 "먼 길 가는 나에게/오래오래 건강한 신발끈이 되어"(「햇빛」)주셨고, 이제 어머니는 "유한은 갑갑해 모든 형체 훌훌 털고 훨훨 납시는 길"(「어머니의 침묵」)을 나서시면서 "깃털보다 가벼운 영혼의 체중"과 "영원에 닿은 신기의 순간"(「출향」)을 시인에게 남기신 것이다.

오늘 아침 아버지는
텃밭에서 까마중을 따고 계신다.
이제 우리 행성 어느 흙인들 순정하겠는가만
덜 오염되었으리라 믿는 우리 집 앞
부추가 난초처럼 커 있는 텃밭 가장자리에
먹빛 파수꾼의 눈, 흑진주같이 익어 있는 열매를
손바닥을 그릇 삼아 따고 계신다.
딸의 몸 여기 저기 고장이라도 날까
이 약초는 이런 병을 예방한다,
또 이 약초는 이런 통증을 가라앉힌다,
동의보감, 향약집성방, 의방유취, 본초강목
효능과 부작용에 대한 안내의 출처도 다양하게
흙 위에 돋아나 대수롭지 않게 자리하고 있는 잡초들을

노년의 혜안이 담긴 손바닥으로 어루만지시며
　　　이름과 생명력이 등재된 기록, 족보 있는 풀들을 응원하
신다.
　　　홀대받던 잡초에게 약초로서의 당당함을 회복시켜주신다.
　　　아는 만큼 보인다고 알고 보면 산야가 약방이라
　　　지심 가득한 풀밭, 이 귀한 야단법석의 화엄 만다라.
　　　　　　　　　　　　　　　　　—「아버지의 가을 아침」 전문

　「아버지」라는 시편을 보면 시인의 아버지는 '종손'이셨고 "평
생을 조상과 함께한 제사장"이셨다. 사시사철 기제, 시제, 묘제
등 "종의 기원에 대한 경배를 상속받아/혼신을 바친 천군,/큰
집"이셨다. 그렇게 큰 기원이었던 아버지를 관찰한 결실이 위의
시편이다. 어느 가을 아침 텃밭에서 까마중을 따고 계신 아버지
의 모습이 잡혀진다. 아버지는 오염이 덜할 것 같은 집 앞 텃밭
가장자리에 피어난 "먹빛 파수꾼의 눈, 흑진주같이 익어 있는
열매"를 따고 계신다. 그리고 딸의 몸에 좋다는 여러 이야기를
하시며 "흙 위에 돋아나 대수롭지 않게 자리하고 있는 잡초들"
을 어루만지신다. 그야말로 "노년의 혜안"이 담긴 손바닥이, 성
자의 안수(按手)처럼, "이름과 생명력이 등재된 기록"으로 그 풀
들을 이입하고 있는 것이다. 마치 '유서'가 '연서'가 되듯, 이때
'잡초'는 '약초'가 된다. "지심 가득한 풀밭"에 계신 아버지는
그렇게 "귀한 야단법석의 화엄 만다라"처럼 아름다운 실루엣으
로 계신다. 그때 아버지는 오랜 시간을 "극진히 타오르도록"(「나
팔꽃 잔」) 하고 계신다.

156

서정을 본령으로 삼는 시편들에 내려진 그동안의 미학적 규정은 '세계의 자아화'나 '자기동일성' 혹은 '회감(回感)'의 원리였다. 자아와 세계 사이의 거리를 탐색하는 서사와 달리, 순간적 통합으로서의 원리가 서정의 본령으로 자명하게 받아들여졌던 것이다. 또한 우리는 경험 세계를 기억하고 고백하는 것을 서정의 중심 원리로 다루어오기도 했다. 그래서 세계와 갈등을 일으키지 않는 동일성 경험을 중시하면서 그것을 '충만한 현재형'으로 발화해내는 형식으로 서정을 이해해왔다. 그 점에서 김은정 시편들은 오랜 서정의 자기 규정적 원리를 고전적으로 증언하고 있는 기록이라고 할 수 있을 것이다. 그만큼 그녀는 현재의 지층 속에 화석처럼 존재하는 과거 풍경을 재현하면서, 동시에 그때의 한순간을 현재 시점에서 생생하게 구성해낸다. 김은정 시편에서 이러한 원리를 가능하게 한 것은 바로 '어머니'와 '아버지'를 향한 시인의 복합적인 기억이었던 것이다.

3.

다음으로 우리가 읽어야 할 권역은 바로 '시'를 향한, '시'에 대한, 시인의 깊은 시적 자의식이다. 김은정 시인은 '시'에 대한 자의식, 곧 궁극적 자아 탐구로 남으려 하고 심미적 축약을 욕망하는 '시'에 대해 적극적으로 사유하는 의식을 보여준다. 말할 것도 없이, 시는 '언어' 자체에 대한 탐색에 무게중심을 현저하게 할애하는 언어 예술이다. 그만큼 '언어'를 통해, '언어'를

지나, '언어 이전'이나 '언어 이후'에 가 닿으려는 불가피하고
도 불가능한 노력이 바로 '시'의 자기 규정성일 것이다. 김은정
시인은 구체적인 작품들을 통해 이러한 생각에 가 닿고 있다.

오늘, 나
기호 하나 붙들고 하루를 보냈어요.

새벽에 삽입한 쉼표 하나에 대해
오후 늦게까지 고민하고
그 쉼표 하나를 지울까 말까
해질 무렵까지 고뇌의 건반 건드리다가
조금 직전 지우기로 결정했지만
그대로 두어보는 것도 좋으리라
지금 또 이렇게 흔들리고 있는 중입니다.

그 지운 자리에 사자자리 별을 넣으면 어떨까.
그 지운 자리에 아스파라거스를 꽂으면 어떨까.

철저히 혼자라고 생각하며 마음 상해 깊은 몸살로 누웠
다가
혼자가 아니라니까 하며 툴툴 털고 일어나니
잠시 의지했던 병상이 깊은 진흙 못 연근 잠수함 같습니다.
생각하고 생각하고 또 생각하고
연잎 닮은 쉼표 지운 자리에 빗물로 역류하는 느낌표

잠시 바캉스를 떠나는 쉼표에게는 초록색 선글라스를 주고

내 곁을 수호하려는 키다리 아저씨, 느낌표에겐 갈색 구
두를 주며
　　갓 구운 문장과 카페모카 한 잔을 나누어 마시는 시간
　　혈육지간이나 다름없는 그대들의 영원과 나의 무한이
　　한 극을 향해 자전의 지혜를 모을 때

　　그 순간 만나는 내 영혼의 순백 에베레스트
　　그간의 파란만장 그간의 희로애락은
　　여기서 끝.

—「하늘 원고지」 전문

　　"기호 하나"를 붙들고 하루를 보내는 마음이 바로 '시'를 쓰
는 마음일 것이다. 탁마(琢磨)에 비견되는 세목이 그 다음에 이어
지는데, 가령 "새벽에 삽입한 쉼표 하나"를 고민하다가 하루가
다 지나고, "고뇌의 건반"이 울리는 음악은 여전히 그녀를 '시
인'으로 흔들리게 한다. 물론 그 흔들림은 또 다른 도약을 통해
'시적인 것'으로 나아간다. 예컨대 시인은 쉼표를 지운 자리에
"사자자리 별"이나 "아스파라거스"를 넣어볼 상상을 한다. 물론
'별'이나 '꽃'을 넣으면 그 자체로 '시'가 될 테지만, 안타깝게
도 '시'는 별이나 꽃으로 이루어지지 않고 언어나 기호를 통해
구상을 얻는다. 그러한 고독과 생각은 "연잎 닮은 쉼표 지운 자
리에 빗물로 역류하는 느낌표"를 한사코 시인에게 허락한다. 그
후 시인은 쉼표나 "내 곁을 수호하려는 키다리 아저씨, 느낌표"
는 물론, "갓 구운 문장"과 혈육지간처럼 '영원'과 '무한'을 나

눈다. 그렇게 언어와 기호를 통해 "한 극을 향해 자전의 지혜를 모을 때"가 바로 '시'가 씌어지는 순간이 아니겠는가? "내 영혼의 순백 에베레스트"는 그렇게 파란만장과 희로애락을 지나 한 편의 시로 "하늘 원고지"에 완성된다. "어휘가 달라도 몸의 말에 귀 기울이면 되는"(「그랑께나가 내 말은」) 시인으로서는, "무한 몰입으로 나를 기록하는/절대 고독의 책상"(「수평선」)을 통해 이러한 시인으로서의 길을 묵묵하게 가고 있는 것이다.

책들은 배필,
장기이식을 해주는 배필

발레리를 펼치면 발레리가 배필
파인만을 펼치면 파인만이 배필

무한 가치를 지닌 값비싼 영혼
그들은 두뇌를 주고 가슴을 주고
손을 주고 발을 주고 심장과 신장, 허파까지 주지만
우리는 서로 헤어지는 일도 없이 여전히 사랑으로 온전
하다.

인생은 인맥으로 이루어졌으나
죽은 자와의 인맥 없이 어찌 살아 있는 자들과 접속하랴.

그들의 글은 그들의 몸, 그들이 내게 남긴 연애편지
서재에 들면 나는 연애 본능으로 그들과 함께한다.

그들이 찍은 점 하나까지
나를 통해 귀하게 환생하도록.

　　　　　　　　　　　　—「책—죽은 자와의 인맥」전문

　여기서 '책'은 언어의 집성이요, '시'의 확장된 은유이다. 시인은 "책들은 배필"이라고 선언한다. 발레리 같은 시인이나 파인만 같은 과학자들은 '책'으로 전해져와, "무한 가치를 지닌 값비싼 영혼"을 주고 '두뇌'와 '가슴'과 '손'과 '발'과 '심장과 신장'과 '허파'까지 내어준다. 그렇게 이루어지는 전신적(全身的) 전이의 과정은 시인으로 하여금 "사랑으로 온전"하게끔 해준다. "죽은 자와의 인맥"으로 표현되는 이러한 '책'의 물리적 존재 방식은 살아 있는 자들과의 접속을 가능하게 하면서, 어느새 '연애편지'처럼 다가와 시인으로 하여금 "그들이 찍은 점 하나까지/나를 통해 귀하게 환생하도록" 만든다.

　물론 여기서 시인은 자신이 수동적으로 책을 읽는 것으로 묘사했지만, 역으로 그렇게 온몸으로, 점 하나까지, 연애편지처럼, 정성스럽게 "무한 가치를 지닌 값비싼 영혼"을 담는 것이 바로 김은정 시인이 쓰는 '시'일 것이다. "건강한 영성"(「고구마」)과 "등불로도 켜지고, 어둠으로도 만져지고"(「품」) 하는 아름다운 고갱이가 거기 담겨 있을 것이다. 그리고 시인은 "고독의 우물에서 사경을 헤매는 만큼 공부가 깊어질 것"(「만덕화 할머니 말씀」)이고, "규율과 규격이라는 역경으로부터의 탈출"(「멋진 파계」)을 통해 궁극적인 '시'에 가 닿을 것이다. 결국 김은정 시인은 이러

161

한 메타적 열정을 통해, 기호 하나에도 마음을 깊이 쓰고, 가장 귀한 몸과 마음과 영혼을 전해주는, 시인으로서의 직능을 이어가는 것이다. 퍽 귀하고 아름답고 시인적 정체성에 충실한 모습이다.

4.

사실 모든 서정시는 현실과 꿈 사이에서 착상되고 형상화되고 완성된다. 이성의 깐깐한 통제에 의해 파악되는 현실이나 정서 과잉에 의해 축축하게 감싸여 있는 꿈이 한쪽으로 치우칠 때, 그것은 인간의 복합적 인식을 단면적으로 반영한 것일 수밖에 없다. 그래서 우수한 서정시는 우리의 복합적인 '현실'을 순간적으로 담아내면서도, 그것을 치유할 수 있는 '꿈'의 세계를 상상적으로 마련하여, 마땅히 '현실'과 '꿈'의 풍요로운 접점을 언표한다. 이때 '꿈'이야말로 우리 삶 곳곳에 배어 있는 폐허의 기운을 치유하고 새로운 상상력을 추구하게 하는 형질이 되어주는 것이다. 김은정 시학은 사랑과 기원의 상상을 통해 아름다운 '시'의 꿈으로 달려가는 형상을 취함으로써 우수한 서정시의 제일의적 덕목을 충족하고 있다. 그렇다면 이제 그 소중하고 아름다운 '꿈'은 그녀의 시적 지향을 어디로 이끌어갈까?

마음의 북극, 그 너머에 가 보았나요?

거기서 만난 얼음 오두막은 오븐 같아요.

차가운 힘으로 누구도 범접 못 할 뜨거운 것들을 구워내
지요.
　하지만 이는 숱한 예각의 숲에서 치유 어려운 상처 입으며
외로운 결정을 내리고서야 가능해지는 일

　또,
　풀에게도 의견을 묻고
　바람에게도 의견을 묻고
　먼 데 별이나 아직 살아보지도 않은 미래에게 조언을 구
하며
　오로지 홀로 뼛속 깊디깊은 곳에 소원의 산정을 둔
　외로운 충전,
　외로운 응전,
　그 이후라야 지극에까지 상정시킬 수 있는 일

　아무도 없고 아무 것도 가지지 못해
　온몸이 소스라치도록 얇아지는 체험 해보았나요?
　가령, 빵집을 지날 때는 빵들이 부르는 소리를 듣게 되고
　바람결에 흔들리는 햇살 한 묶음 또 한 묶음 그 사이로
　새떼들 지나가며 하프 연주하는 듯 감미로운 소리도 듣게
되고
　꽃 피우고 흙 우는 자리 징검징검 디디고 계절 지나가는
소리도 듣게 되던
　망사 자락처럼 얇아진 몸

　그 순간 영혼의 순도, 차디차게 눈부심이 마땅합니다.
　새롭게 열릴 하늘은 거기에 태반을 두고

극비리에 만년설 고위도 지방을 안고 있는 것이니
나의 파란만장, 투명한 다이아몬드로 익어 나오겠지요?
깨달음은 발효 과학, 이 외로운 몰입 이후.

—「깊이에의옹호」 전문

　두루 알다시피 우리 시대에 씌어지는 서정시는 인생론적 가
치의 중요성과 함께, 인생은 앞으로 나아가는 것이 아니라 끊임
없이 서성대며 반추하는 것임을 알려주는 소중한 '남은 자' 들의
목소리로 구성된다. 또한 서정시가 시간적으로 경험을 초월하
면서 항구적 심미성을 가질 수 있는 것은, 구체적 사물에 대한
경험을 기초로 하면서 이를 넘어서는 시적 형식과 결합할 때이
다. 그 점에서, 김은정 시인이 보여주는 경험과 형식의 단단한
결합은 매우 중요한 가능성을 시사한다.

　위의 시편은 앞으로 김은정 시학이 지향해갈 그러한 지남(指
南)이나 좌표를 시사해준다. 시인의 궁극적 시선은 "마음의 북
극, 그 너머"를 바라본다. 숱하게 겪은 상처를 통해 오히려 역설
적으로 도달하게 된 "외로운 결정"들, 미래에 조언을 구하며 홀
로 뼛속 깊은 곳에 가 닿은 "외로운 충전,/외로운 응전"들, 시인
은 이러한 고독의 연쇄 속에서 "지극에까지 상정시킬 수 있는
일"을 상상한다. 이때 시인은 "영혼의 순도"가 높아지고 "새롭
게 열릴 하늘"을 희원하면서, 가장 구체적으로 "파란만장"을 지
나 "외로운 몰입 이후"를 소망한다. 그 이후의 '깊이' 가 바로 김
은정 시인의 향후 시학적 어젠다가 될 것이라고 우리는 믿어보

는 것이다. 그리고 그녀는 그 "극진의 극점"(「춘철살인에의 옹호」)에서 씌어지는 "이 불후의 손님"(「인생, 이 예쁜 손님」)을 통해, 자신의 "불사의 미래"(「후손」)를 다짐해갈 것이다. 그때 "신은 언제나 가장 하찮은 곳에 집을 짓는 첫 번째 목수"(「야채 파일 첨부」)이듯이, 시인 역시 "죽을 지경, 거기서 나는 탄생하는"(「일인분이 일인분에게」) 순간을 우리에게 보여줄 것이다. 그리고 가없는 '깊이'를 옹호하는 세계는 그녀에게 "물리칠 수 없는 필연의 질서"(「힘 이야기」)가 되어줄 것이다.

지금까지 우리가 읽어왔듯이, 김은정 시인의 두 번째 시집은, '나—너' 관계에 대한 절절하고도 따뜻한 동일성의 상상력, 자기 기원에 대한 깊은 회감과 고백, '시'를 향한 매혹적이고 궁극적인 사유 등이 결속하여 일대 진경을 이루어놓았다. 따라서 우리는, 사랑과 기원을 찾아가는 그녀의 시적 자의식이, 앞으로도 더욱 좋은 시편들을 써가게 할 가장 중요한 자산이 될 것이고, 그녀 스스로도 그러한 시학적 과제를 충실하고도 가파르고도 아름답게 이루어갈 것이라고 소망해보는 것이다.

柳成浩 | 문학평론가 · 한양대 교수